Marion Wiesler
Gerhard Wiesler

VIRUS
Kuss des Lebens

Die in diesem Buch dargestellten Figuren und Ereignisse sind fiktiv. Jegliche Ähnlichkeit mit lebenden oder toten realen Personen ist zufällig und nicht vom Autor beabsichtigt.

Bibliografische Information der Deutschen Nationalbibliothek:
Die Deutsche Nationalbibliothek verzeichnet diese Publikation in der Deutschen Nationalbibliografie, detaillierte bibliografische Daten sind im Internet über http://dnb.dnb.de abrufbar.

2. Auflage
©2020 Marion Wiesler
Cover: pixabay
Herstellung und Verlag:
BoD – Books on Demand, Norderstedt
ISBN 9783751916974

1
4
16
64
256
1.024
4.096
16.384
65.536
262.144
1.048.576
4.194.304
16.777.216
67.108.864
268.435.456
1.073.741.824
4.490.810.176

Anfang Februar 2020, als dieses Buch
geschrieben wurde, noch Fiktion.

WIEN

„Wo ist mein Schnuffl?", kreischt das kleine Mädchen.

Die Mutter beugt sich über ihre Tochter, zieht einen abgeliebten Stoffhasen aus ihrem kleinen Rucksack.

„Hier ist er, Süße."

Das Mädchen drückt ihr Schmusetier fest an sich, schaut sich auf dem großen Flughafen um. Ihre Augen sind eine Mischung aus Begeisterung und Verunsicherung. Der Träger ihrer Latzhose ist über die Schulter gerutscht, die offene Jacke hängt irgendwo auf Ellbogenhöhe.

Er beobachtet Mutter und Tochter. Die Mutter ist angespannt, nervös. Nun, niemand zwingt sie, nach Neuseeland zu reisen. Selbstfindung … wenn sie meint. Ihm soll es recht sein.

„Papa, wo ist eigentlich dein Koffer?"

Er beugt sich zu dem kleinen Mädchen hinab, bemüht um ein geduldiges Lächeln. „Lola, das hab ich dir doch schon erklärt, dass ich nicht mitkommen kann. Das ist eine Reise nur für deine Mama und dich."

Die Kleine nimmt ihn an der Hand.

Warme, schwitzige Finger.

„Aber du kannst doch nachkommen. Mit dem Bus."

Er muss laut auflachen. Lolas Mama schaut ihn mit einem bösen Blick an.

„Lola, bis ich mit dem VW Bus in Neuseeland bin, da seid ihr schon längst wieder zurück."

Das kleine Mädchen kaut auf der Lippe herum, offenbar gar nicht zufrieden mit der Situation.

Er wirft einen Blick auf Lolas Mutter. Sie ist eine hübsche

Frau, er hat immer hübsche Frauen gehabt. Selbst jetzt, wo sie angespannt wirkt, kommt er nicht umhin, sie hübsch zu finden. Diese langen Haare, in jahrelanger Arbeit zu Rastalocken gestylt. Die indischen Tattoos, die ihre schlanken Arme zieren, Erinnerungen an Reisen und Erlebnisse. Er sieht sie immer noch gerne an, trotz allem.

Dabei weiß er, dass dies wohl ein Abschied auf immer ist. Man kann nur so und so lange nebeneinander her leben, ehe es einem von beiden reicht.

„Du wirst sehen, Lolly -"

Er fand es immer schon idiotisch, wenn sie ihre Tochter Lolly nannte, als wäre sie Süßkram zum Lutschen.

„- wir werden so viele tolle Sachen erleben, es wird echt super werden!"

„Ja", stimmt er zu. „Du wirst viel Spaß haben. Und wir können ja telefonieren. Oder Skypen, dann sehen wir uns."

Lola nickt ernsthaft. „Wie mit Oma."

„Genau. Wie mit Oma."

Sie schweigen.

Um sie Gemurmel, Durchsagen, das Quietschen von den Rädern eines Gepäckwagens, der eine andere Richtung anstrebt als sein Besitzer.

Er sieht Lolas Mama an. Sie erwidert den Blick, ein verkrampftes Lächeln.

„Na dann!"

Lola schaut von einem zum anderen, als warte sie, was nun geschieht. Er weiß es selbst nicht. Er ist Birgit nicht böse. Er mag sie irgendwie immer noch. Es gibt ja auch keinen Grund, sich nicht mehr zu mögen. Außer, dass es halt nicht mehr passt. Dass die Zeit, wo sie gemeinsam in dem VW Bus durch die Welt gereist sind, einfach vorbei ist. Das gemeinsam zumindest. Der letzte Versuch ist ein totales Desaster gewesen.

Er liebt das Reisen. Es ist schließlich sein Job, Reise-blogger zu sein. Er liebt die Freiheit, die Ungezwungenheit, das

Schlafen wann man will und abends mit fremden neuen Freunden am Strand sitzen und ein paar Bierchen trinken.

Das mag Birgit schließlich auch. Deshalb waren sie ja unterwegs. Und dann kam Lola. Sowas passiert eben, und es kam ihm ja auch wunderbar und idyllisch vor.

Bis Lola dann wirklich auf der Welt war und das Reisen lange nicht mehr so frei und ungezwungen …

Außerdem hat Birgit sich verändert, nicht er. Er ist noch der selbe Mann wie vor Lola. Aber sie … eine richtige Glucke ist sie geworden. Und plötzlich dieser Gesundheitstrip … Yoga und Vegan und Klangschalen …

Richtig ausgerastet ist sie, als er Lola mal einen Schokoriegel gab.

Birgit steht da und mustert ihn. Sie will nichts in ihrem Leben bereuen, aber manches bereut man eben doch. Sie weiß, dass er weiß, dass sie nach den drei Monaten nicht zurückkommen wird. Zumindest nicht zurück zu ihm. Für Lola tut es ihr leid, sie hängt an ihrem Papa, egal wie kindisch er ist. Oder weil er so kindisch ist, mehr ein großer Bruder für das kleine Mädchen als ein Vater. Aber wie kommt sie dazu, sich um zwei Kindsköpfe kümmern zu müssen? Naja, vielleicht wird er ja eines Tages erwachsen, bis dahin … Lola ist noch jung, sie wird sich rasch daran gewöhnen. Deshalb ja auch die Reise ans andere Ende der Welt, um Abstand zu gewinnen. Für Lola hätte Italien wahrscheinlich auch genügt, aber bei Alex weiß man ja nie, wenn er es sich in den Kopf setzt, steigt er in den Bus und steht plötzlich vor ihnen …

Sie schweigen, schauen sich immer noch nachdenklich an.

„Mama, Schnuffl hat Hunger!"

Birgit reißt sich von ihren Gedanken los, kramt eine Reiswaffel aus ihrem Rucksack. Lola nimmt sie, füttert den Stoffhasen damit und redet beruhigend auf ihn ein.

„Du wirst sehen, Schnuffl, das wird ganz toll. Wir fliegen gaaaaanz hoch. Über den Wolken! Und Mama sagt, im Flugzeug gibt's Kino."

Alex beugt sich ein wenig zu Birgit vor, sagt leise: „Das war's dann wohl?"
Birgit nickt, sie kann es nicht verhindern, nun drücken sie doch die Tränen in den Augen. Es ist ja schön gewesen, am Anfang. Aber Alex ist einfach nicht der Mann, mit dem man ein Kind hat. Sie muss auch an sich denken. Und Neuseeland, das war immer schon ihr Traum.

Alex geht in die Hocke, drückt Lola an sich. „Mach's gut, meine Große. Wir sehen uns."
Lola schmiegt sich an ihn. „Mach dir keine Sorgen, Papa, ich bin bald wieder hier."
Ihre kleinen Hände zwirbeln eine seiner dunkelbraunen Locken, wie sie es schon als kleines Baby gemacht hat, wenn sie zwischen ihnen auf der Matratze lag. Er mag das Gezupfe an seinem Haar immer noch nicht.

Es drückt Alex ein wenig in der Brust, als er aufsteht. Aber er wird sich hüten, das Lola sehen zu lassen.
Anfangs dreht sie sich noch alle paar Schritte um und winkt ihm zu, doch je näher sie der Passkontrolle kommen, umso aufgeregter redet sie auf ihre Mutter ein, schielt an den Leuten in der Schlange vor ihr vorbei und scheint ihn bereits vergessen zu haben.
Er atmet aus. Merkt erst jetzt, dass er die Luft angehalten hat. Er hat Angst gehabt, dass Birgit es sich doch noch anders überlegt und der ganze Zirkus wieder von vorne losgeht.

Ein wenig streicht er am Abend um das Gartenhäuschen herum, in das er nun gezogen ist, wo Birgit ihre Wohnung vermietet hat. Und mit jeder Runde fühlt er sich freier. Eine

Wohnung, das war sowas von nicht er. Wie ein Vogel im Käfig ist er gewesen.

Nachdem er all seine Sachen aus dem VW Bus in das Häuschen geräumt hat, dreht er den kleinen Elektroheizer auf höchste Stufe, breitet eine Weltkarte auf dem klapprigen Gartentisch aus, der ihm als Küche dient, und träumt von seiner nächsten Reise.

OST-STEIERMARK

Laut und durchdringend läuten die Glocken und die Menschen strömen in kleinen Gruppen aus der Kirche, hüllen sich in ihre Jacken und Mäntel und manche setzen ihre Hüte wieder auf. Wie einem einstudierten Ritual folgend, verteilen sich die Kirchgeher auf dem kleinen Vorplatz, bilden Grüppchen und versinken in vielstimmiges Gemurmel.

Da wird die Messe besprochen, doch nur kurz, denn die Messe, die kennen sie alle zur Genüge. Spannender ist, was man so an Gerüchten hört, von dem und von der, von diesem und jenem.

Die Kinder toben nach dem langen Stillsitzen um die Eltern herum, sie spielen Fangen oder Flugzeug, das ist nicht ganz klar ersichtlich. An der Kirchmauer, im Windschatten des ehrwürdigen Gebäudes, lehnen ein paar Teenager, die sich angestrengt bemühen, gelangweilt auszusehen. Wenn sie könnten, wie sie wollten, dann würden sie ja nicht den wertvollen freien Sonntag … aber noch kann man halt nicht so, wie man will, noch sind da die Eltern, die bestimmen … und der Pfarrer, der einen sonst beim Firmunterricht wieder böse ansieht.

Die Sonne hat sich nun auch bequemt, den Sonntag zu verschönern, für Januar scheint sie bereits erstaunlich warm. Es ist eine ungewöhnliche Warmfront, ein beliebtes Thema unter den anwesenden Bauern. Und auch unter den Nicht-Bauern.

„So ein verrücktes Wetter. Vierzehn Grad im Januar, wer braucht denn des. Der Boden muss ordentlich durchfrieren, sonst wird es schwer mit dem Ungeziefer heuer."

Ein Bauer in Lodenmantel nickt. „Regen wär gut, Schnee besser. Man möcht ja fast schon beregnen, wenn es so weitergeht ...“

Nun kommt auch der Pfarrer aus der Kirche, noch in seiner Soutane, und sogleich steuern ein paar ältere Frauen auf ihn zu, um sich für den schönen Gottestdienst zu bedanken.

Michael, der seine Jacke aufknöpft und sich der Sonne entgegen dreht, meint lächelnd: „Man könnte meinen, er ist ein Rockstar und die alten Frauen sind seine ...“

„Er ist ein guter Pfarrer“, erwidert seine Frau Andrea. Und wenn das wer weiß, dann sie. Seit Jahren ist sie in der Kirche aktiv, hat schon als junges Mädchen in ihrer Heimatgemeinde begonnen, damals als Ministrantin, inzwischen ist sie eine unverzichtbare Stütze in der örtlichen Pfarre.

Der Huabnbauer tritt an die beiden heran, seinen Bauch vor sich hertragend wie andere eine Kiste Bier. „War eine schöne Messe, ned?“

Andrea nickt. Ihre Augen schweifen kontrollierend über den Pfarrhof, beruhigt wendet sie sich wieder dem Gespräch zu. Lukas und Sofie spielen unter dem Lindenbaum mit ein paar Schulfreunden.

„Kommst gut voran?“, fragt der Huabnbauer gerade den Michael.

„Prachtwetter zum Schneiden, nicht?“

Michael mag die Zeit des Baumschnitts, die Ruhe in der Apfelplantage – er hat selten das Radio laufen, wie die anderen – das leise Surren der pneumatischen Schere, der warme Akku am Rücken in der Schnittjacke.

Verwöhnte Waschlappen, hat der Vater damals gemeint, würden sie werden. Wer braucht schon eine Akku-Schere zum Baumschneiden?, hat der Vater weiter geschimpft, als der Michael gleich vier Stück geordert hat. Der Michael hat nur auf die knorrigen Finger vom Vater geschaut, und die Andrea hat ganz unschuldig gesagt: „Ich hab dir deine Salbe wieder angemischt.“

Sie sind andere Bauern als ihre Eltern früher. Das müssen einem die Eltern doch zugestehen, wer gibt sich denn heute noch freiwillig her, einen Obsthof zu übernehmen? Michael blickt sich um. Viele sind sie nicht mehr, die Vollerwerbsbauern sind, die meisten schleppen ihren Körper erst müde auf den Traktor, wenn sie von acht Stunden Schichtarbeit heimkommen. Da ist eine Akku-Schere ja wohl wirklich kein Luxus …

Andrea stößt ihn in die Seite. Sie hat ihren Schal enger um die Schultern gezogen, so im Stehen wird es dann doch kühl.

„Ich schau noch rüber zum Keipner."

Michael nickt ihr nach, wie sie jeden grüßend den Pfarrplatz eilig überquert. Sie hatte immer was Wichtiges mit dem Pfarrer zu besprechen, wenn er es nicht besser wüsste, könnt er fast eifersüchtig werden. Er muss selbst lachen. Seine Andrea und der alte Keipner! Dem geht ja schon beim Predigen die Luft aus!

„Kommt ihr noch rüber auf einen Glühwein?" Der Huabnbauer deutet mit seinem runden Kopf zum Dorfgasthaus.

„Mal schauen, Ich weiß nicht, was die Andrea noch vorhat."

„Na, du weißt ja, wo du uns findest."

Michael schlendert zur Kirchenmauer, wo Lukas nun mit zwei Freunden lehnt. Offenbar stört er sie in einem wichtigen Gespräch, sie verstummen, schieben ihre Hände tief in die Hosentaschen.

„Gehen wir endlich nach Hause?"

Der erste Hauch einen Bartes schimmert in Lukas' Gesicht. Früh ist er dran, der Bub, denkt Michael, fast ein wenig neidisch, denn sein Bart hat furchtbar spät erst zu wachsen begonnen und ist immer noch zu spärlich für einen prächtigen Vollbart.

„Die Mama redet noch mit dem Pfarrer."

Lukas verdreht die Augen. „Das dauert wieder ewig!"

„Kannst ja vorgehen."

„Haha."

Demonstrativ wendet Lukas sich ab, seinen Freunden zu.

Michael ertappt sich dabei, dass er „verwöhnter Waschlappen" denkt und muss lachen. Eines Tages wird er wohl so ein schrumpeliges Männlein sein wie sein Vater, auf der Ofenbank sitzend und über Gott und die Welt und die Jugend von heute schimpfend.

Langsam verlaufen sich die Kirchgänger, die einen zieht es ins Gasthaus, die anderen wohl nach Hause. Nur der Peter, sein Nachbar, lehnt beim Treppenabgang und raucht genüsslich eine Zigarette. Jeder weiß, wie sehr Peters Frau immer schimpft mit ihm, wegen des Rauchens. Wahrscheinlich ist sie schon nach Hause gefahren, das Sonntagsessen vorbereiten.

„Grüß dich."

„Servus."

Sie lehnen eine Weile nebeneinander, schweigend. Wenn man sich so lange kennt, muss man nicht immer viel reden. Sie beobachten Sofie und deren Freundin, die ein undurchschaubares Spiel spielen, bei dem man nach unerklärlichen Regeln vorwärts oder rückwärts hüpfen muss. Sofie ist immer gut darin, Spiele zu erfinden.

„Sind in eurer Klasse auch so viele krank?", fragt Peter.

„Da musst die Andrea fragen, mit der Schule hab ich nichts am Hut."

„Das hast auch als Bub nie gehabt", feixt Peter. „Beim Tobi ist die Hälfte der Kinder krank, alles mögliche. Grippe, Durchfall, ich glaub, die Schafblattern auch."

Michael zuckt die Schultern. „Jedes Jahr dasselbe im Winter, oder?"

Peter nimmt einen tiefen Zug. „Eh. Können uns nicht beschweren. Hast gehört, drüben in Asien, da grassiert ja auch wieder was Neues."

„Na super."

Michael knöpft seine Jacke zu, die Sonne hat sich hinter einer Wolke versteckt, da merkt man sogleich, dass es doch Winter ist.

„Da werden uns die Affen wieder drangsalieren mit lauter neuen Bestimmungen. Was ist es diesmal, müssen wir die Hühner wieder monatelang einsperren? Oder erwischt es diesmal die Saubauern? Schweinegrippe, dass ich nicht lache! Ich wart ja nur drauf, dass die Apfelgrippe kommt und wir unsere Äpfel nicht im Freien halten dürfen."

„Wäre nicht viel anders als unterm Hagelnetz." Er hat keine Lust auf das Gespräch. Sie schweigen einen Moment.

„Was für einen Preis hast du denn fürs Kilo heuer bekommen?", fragt Peter nach einem Zug an seiner Zigarette.

„Geh, hör auf zum Jammern. Die Weinbauern waren dazwischen auch am Boden und jetzt schau dir an, was die für Preise verlangen. Marketing ist alles."

Michael ist froh, als er Andrea entdeckt, die auf ihn zueilt, mit ihrem typischen resoluten Schritt.

„Ich hab Hunger, fahren wir heim?"

Sie tut ja gerade so, als hätte *sie* auf *ihn* gewartet.

Michael pfeift, zuerst kommt Sofie angerannt, wie ein wohldressierter Hund. Lukas schlendert betont langsam daher, dabei weiß Michael, wie gerne der Bub schon heim will.

Irgendwann wird es Lukas auch verstehen, denkt Michael. Dass diese Gespräche nach der Kirche wichtig sind, dass das den Zusammenhalt, die Gemeinschaft des Orts stärkt.

„Die Mankertschen haben sich übrigens das Maul über dich zerrissen", sagt Andrea. „Dass es eine Schande ist, wie unaufgeräumt unser Wald ist, eine Sünde regelrecht. Und der Binder ist bös auf den Kreuzner, weil du angeblich dem Kreuzner was erzählt hast, was der Binder nicht wollte."

Michael lacht so schallend, dass Andrea ihn nur verwundert anblicken kann.

LONDON

Zum hundertsten Mal zupft er seine Haare zurecht. Wie er das hasst. In seinem Alter sollte er wirklich nicht mehr … normale Leute gehen bereits in Pension, also, es ist wirklich ganz grauenvoll, dass er es immer noch notwendig hat. Er seufzt, wirft einen Blick in den halbblinden Spiegel in der engen Toilette. Nicht einmal ein passables Licht haben sie hier, wenn er das gewusst hätte, hätte er noch daheim etwas Make-up aufgelegt. Bestimmt drehen sie auch nur die Probenbeleuchtung auf, was kann man schon erwarten.

Sein Spiegelbild versucht ein gewinnendes Lächeln.

In seinem Bauch fährt das London Eye in Rekordtempo im Kreis, seine Hände sind schweißnass. Es ist das erste Vorsprechen seit Langem, bei dem er wirklich nervös ist. Zu lange hat er nun in kleinen off-off Shows dahingetingelt, dieser Anruf seines Agenten, ach, allein wenn er dessen Stimme hört, dann wird ihm schon ganz kribbelig. Und dann auch noch das Duchess Theatre, knapp fünfhundert Sitzplätze, wie soll man da um Himmels Willen nicht aufgeregt sein? Seit Tagen hat er kaum geschlafen. Stunden hat er damit verbracht, aus seinem alten Vorsprechrepertoire Passendes herauszusuchen. Eine Komödie. Sie sagen, er kann sehr lustig sein.

Er seufzt. Ja, lustig. Jahrelang den Clown auf Kindergeburtstagen geben, ach, so knapp war er davor gewesen, vor dem großen Ruhm … damals, Zweitbesetzung an der Royal Shakespeare Company, blutjung, hochmotiviert … und dann, dann wird diese unmögliche Erstbesetzung – bei Gott, was wäre er besser gewesen, als dieser Lackaffe, Talent hatte der doch keinen Fingerhut voll, aber man weiß ja, Beziehungen, Beziehungen … Er hat ja immer schon gewusst, auch die RSC ist nicht das Gelbe vom Ei. Aber seine Chance wäre das gewesen, damals. Und dann wird der Lackaffe einfach nicht krank, monatelang.

Er fährt sich erneut durch die Haare. Diese Locke, die sitzt wirklich nicht gut, das macht ihn älter. Er hätte nicht zum Friseur gehen sollen, so kurz vor einem Vorsprechen, er weiß doch, wie lange er braucht, um sich an eine neue Frisur zu gewöhnen. Auf alle Fälle, der Lackaffe … heute noch wird ihm heiß, wenn er daran denkt, dabei ist das doch alles Schnee von gestern, von vorgestern. Aber so ist es halt, wenn man jung und hochmotiviert ist, dass man dann ein wenig nachhilft, nicht wahr? Harmlos, das Ganze, ein paar Tropfen Abführmittel … bis heute versteht er nicht, wieso die Tropfen dann auch in seinem Glas waren, das konnte doch kein Zufall sein. Immerhin, er hat es damit in die Zeitung geschafft. Erst- und Zweitbesetzung beide ans Klo gefesselt, Vorstellung entfällt. Wie peinlich, warum denkt er jetzt daran, jetzt, wo er doch all seine Nerven braucht?

Er zupft an seinem Hemd herum. Vielleicht hätte er doch besser das fliederfarbene genommen, das sieht im kalten Probenlicht schmeichelhafter aus als dieses Türkis, darin wirkt er sicher blass.

Jemand klopft an die Türe. Ein letzter Blick in den Spiegel, er tritt auf den Gang hinaus, nickt bemüht huldvoll dem jungen Mann zu, der in der Toilette verschwindet. Er weiß nicht, ob er sich geschmeichelt fühlen soll, dass er und so ein Junger für die selbe Rolle vorsprechen. Oder besetzen die heute mehrere Rollen? Ach, wenn dieser Agent doch etwas genauere Angaben machen würde …

Ein Kollege, den er von manch anderem Vorsprechen kennt, murmelt leise vor sich hin, während seine Hände betonte Gesten machen. Ein Zeichen von Schwäche, jetzt noch so offensichtlich den Text durchzugehen, als hätte man sich nicht gut genug vorbereitet. Er spitzt seine Ohren, es ist schließlich immer von enormen Vorteil, wenn man weiß, was die Konkurrenz vorspricht. Shakespeare, ach, wie einfallslos.

Dennoch, er wird noch unruhiger. Vielleicht hat er ja die falsche Wahl getroffen? Nicht nur mit der Farbe seines Hemds. Nein, nein, beruhigt er sich. Oscar Wilde ist immer gut, die Leute lieben Oscar Wilde.

Er zieht sich ans andere Ende des langen Gangs zurück, wendet seinen Rücken der Welt zu, tut so, als lese er den Text auf dem Plakat, das da ausgebleicht und eingerissen hängt. Atmen, tief ins Becken atmen, ach, was gäbe er dafür, nun tönen zu können, diese vermaledeite U-Bahnfahrt hierher, so lange dauert das immer, da ist das ganze Aufwärmen daheim ja schon wieder für die Katz bis man hier ist und bis man dran ist erst recht …

Sein Spiegelbild geht ihm nicht aus dem Kopf. Wie alt er in diesem Spiegel aussah, das kann doch nicht sein. Das muss am Licht liegen, richtig hager sah er dort aus, dabei hat er doch extra ein wenig Rouge aufgelegt, nicht zu viel, nur einen Hauch, er kennt sich ja, wie blass er wird, wenn er nervös ist.

Er fühlt ein Vibrieren in seiner Umhängetasche. Ehe er sein Handy herauszieht, wirft er einen prüfenden Blick auf seine Umgebung. Nun denn, niemand beachtet ihn, er will ja nicht ungehörig wirken, schließlich ist es nicht das beste Benehmen, in so einer Situation zu telefonieren, das gehört sich nicht.

Seine sorgfältig manükierten Finger schließen sich um das pulsierende Gerät. Er ist sich sicher, dass es Leon ist, der sich entschuldigen will. Ach, er hat ihm doch längst verziehen, was war das nur für ein lächerlicher Streit gestern, daran waren nur seine Nerven schuld. Das muss Leon doch verstehen, dass es völlig unpassend war, ihm am Abend vor einem wichtigen Vorsprechen vorzuwerfen, dass er zu wenig liebevoll sei. Er! Er war die Liebe in Person. Romeo, eine Paraderolle, damals, in Bath …

Er drückt die Taste, mit einem Seufzen.

„Jaaa."

„Oh, Lieber, gehst du endlich ran, man könnte ja meinen, das Klingeln geht zu Fuß nach London!"

Der Kollege, gerade eben noch versunken in seinem Text, schaut mit verächtlich geschürzten Lippen herüber.

„Mutter!", zischt er. „Ich kann jetzt nicht!"

„Was gehst dann ran?!", brüllt sie, als wolle sie die Distanz von Reading bis hier durch Schreien überbrücken.

„Ich ruf dich später an."

Er legt hastig auf, schiebt das Handy in die Tasche zurück, mit einem gequälten Lächeln. Wenn es wenigstens sein Agent gewesen wäre, dann würde er wichtig wirken …

Der junge Mann kommt bei der Toilettentüre heraus, redet ein paar Worte mit dem Älteren. Aber nicht mit ihm. Egal, er muss sich nun konzentrieren …

Hng, hng, hng, die Zunge gut wölben, die Stimme schweben lassen, zumindest in Gedanken. Ein Saal für 500 Leute, hng, hng, hnnnng, das ist etwas anderes, als die Kellerbühnen der letzten Zeit … hnnng …

Die Tür zur Hinterbühne öffnet sich, er hört das übliche „Wir melden uns", ehe sie wieder zufällt. Der junge Mann eilt dem Schauspieler entgegen, der soeben den Gang betreten hat.

„Wie war es?"

„Ach, ganz gut, denke ich. Du weißt ja ..."

Ehe er weiterspricht, öffnet sich die Tür zur Hinterbühne erneut, eine junge Frau mit einem Klemmbrett im Arm sieht heraus.

„Mr. Browning? James Browning?"

Er strafft sich. Nun ist sein Moment. Er wird sie umwerfen.

Den Kopf hoch erhoben schreitet er zur Bühne.

Er liebt diese großen, leeren Bühnen. Den Geruch nach Sperrholz und Schweiß und aus irgendeinem Grund Kreide. Er fühlt die Wichtigkeit des Augenblicks, die Exklusivität, die man diesem Vorsprechen schenkt, auf einer leeren Bühne, deren Atmosphäre nicht von der Dekoration des Abendstückes verbogen wird. Die Assistentin nimmt gleich neben der Türe auf einem Sessel Platz.

James spürt, wie seine Finger zittern. Das Probenlicht ist blass, aber dennoch fällt es ihm schwer, etwas im Publikum zu erkennen. Ja, da, ein kleines Lämpchen, ein auf den Stuhlreihen befestigtes Pult, dahinter ahnt er zwei Männer.

Nun ganz natürlich wirken, freundlich, gewinnend. Der erste Eindruck zählt, sie vorbereiten auf die furiose Darbietung, die er ihnen liefern wird.

„Einen wunderschönen guten Tag", grüßt er mit seiner besten Bühnenstimme ins Dunkel, mit großen Schritten zur Bühnenmitte schreitend.

Makellos, die Haare sitzen, das Hemd passt.

Makellos, bis auf den offenen Schnürsenkel.

Er findet sich flach auf dem Boden wieder, würde am liebsten in selbem versinken.

Dröhnendes Gelächter aus dem Publikum.

Noch ehe er sich aufrappeln kann, ertönt eine sonore Stimme: „Sie haben den Job."

NEW YORK STATE / PENNSYLVANIA

Die Sirene echot gegen die Wände der Fabrikshallen. Der bullige Mann, der wahrscheinlich jünger ist, als er aussieht, tritt in den verschneiten Innenhof, um die Pause mit einer wohlverdienten Zigarette zu genießen. Sein Arbeitsoverall ist mit Ölflecken übersät, beinahe so schwarz wie seine Finger, in deren Rillen das ölige Metall, mit dem er arbeitet, Muster wie in einer Verbrecherkartei hinterlassen hat.

„Scheißwetter", flucht er und schlägt den Kragen seiner Jacke hoch. Hinter ihm strömen seine Kollegen ins Freie, ebenso verärgert über den Schnee wie er.

„Was glauben die denn, dass wir zaubern können?"

„Schneller, schneller", äfft ein Kollege den Vorarbeiter nach, die anderen lachen.

„Der bleibt nicht lange, der Neue. Der hat nicht die Eier für den Job."

Der bullige Mann, sein Name ist Hank, grunzt zufrieden. Es gefällt ihm, dass die anderen seine Meinung teilen. Ist doch immer dasselbe mit den studierten Schnöseln, die sie ihnen vorsetzen, zwecks Produktionssteigerung. Damit ein paar Aktionäre am Ende vom Quartal ein paar Prozentpünktchen mehr abstauben. Sollen die sich doch mal ans Fließband stellen, statt in ihren Palästen zu hocken …

Hank macht ein paar Schritte zur Seite, nimmt einen tiefen Zug von der kalten, rußigen Luft. Wie gerne säße er jetzt in seiner Hütte im Wald. Dort ist die Luft so klar, so gesättigt vom Duft der Bäume. Irgendwann …

„Hank?"

„Was?"

„Kommst du heut Abend rüber, wir schauen Football."

„Klar."

Der Tag wird ja direkt noch gut, Football mit den Jungs, Bier und Chips und wenn er Glück hat, kocht Jacks Frau sogar was. Besser als der Dosenfraß.

Sein Handy läutet. Er zerrt es aus seiner Po-tasche, es ist ebenso schwarz und ölig wie er. Die anderen lassen ihre Telefone im Spind, aber er hat sich extra ein altes Tastenhandy besorgt, nachdem Sarah ihn verlassen hat. Nicht wegen Sarah, aber wegen Doug. Ein Sohn soll seinen Vater erreichen können, jederzeit, findet er. Der Junge hat es bei seiner Mutter zurzeit schwer genug, wo sie sich doch was mit so einem Barkeeper angefangen hat. Hat Doug ihm erzählt. Es ist also wohl nur noch eine Frage der Zeit, bis Sarah um die Scheidung bittet.

Es ist nicht Doug, es ist Sarah. Er starrt das Display an mit den blassen, eckigen Buchstaben. Soll er überhaupt rangehen? Sie weiß doch, dass er in der Arbeit ist. Er ist immer in der Arbeit, jeden Tag, nie krank.

Eben. Sie weiß es, also vielleicht ist es wichtig, vielleicht ist was mit Doug.

„Was ist?", bellt er in den Apparat.

„Ich freu mich auch, dich zu hören."

Sie sitzt in ihrem alten Wagen vor Dougs Schule. Was für ein beschissener Tag. Dougs Lehrer hat sich über seine Disziplin beschwert, Disziplin, mein Arsch, echt? Was soll sie mehr tun, als sie schon tut? Sie hat keinen guten Job, der für Nachhilfestunden aufkommt oder dafür sorgt, dass sie daheim ihrem Sohn ein Essen kochen kann, wenn er von der Schule kommt. Sie hat nur einen Ehemann, der in einem anderen Bundesstaat hockt und immer zu wenig Geld überweist. Und sie hat … nein, sie hat eben nicht mehr, Scheißkerl.

„Was ist, Sarah? Ist was mit Doug?"

Klingt der Kerl etwa besorgt? Naja, Vater war er ja kein schlechter. Das muss sie ihm zugestehen. Besser als …

„Nix ist mit Doug. Sein Lehrer beschwert sich, Doug hat einen anderen Jungen verprügelt."

Sie hört Hank lachen. Ja, das gefällt ihm, klar.

„Wenigstens ordentlich? So ein Rüffel vom Lehrer muss sich doch auszahlen."

Sarah muss schmunzeln.

„Tut mir leid, es war nicht der Rede wert. Der kleine Pisser hat Doug beschimpft, dass er ein Loser ist, sich nicht mal coole Schuhe leisten kann ..."

Schweigen in der Leitung. Dann ein Seufzen.

Schuhe, das ist es also diesmal. Immer ist es irgendetwas, das sie ihm vorhält, was Doug nicht hat, Doug nicht mit-machen kann, Doug doch verdienen würde …

„Was ist mit dem Barkeeper? Soll der ihm doch coole Schuhe kaufen. Hier würde ihn keiner schief anschauen, und wenn er in Badeschlapfen daherkäme."

Schweigen in der Leitung.

Sarah wischt sich mit den Fingern die Augenbrauen entlang. Weiß er also davon … hat Doug mal wieder nicht den Mund gehalten.

„Tja, der findet eben, dass Doug dein Sohn ist und du für ihn aufkommen sollst."

„Ich komme für ihn auf!"

Sie hat das Telefon schon vorsorglich vom Ohr weg-gehalten. Sie kennt seine Lautstärke, wenn er wütend wird.

„Natürlich, aber auf was für einem Niveau? Du glaubst doch nicht etwa, dass wir davon leben können, was du überweist."

Hank wirft einen Blick über die Schulter. Die anderen strömen schon wieder in die Halle hinein.

Er hat soundso kein Interesse, dieses Gespräch noch lange weiterzuführen.

„Es hat dich keiner gezwungen, wegzugehen. Und *ihr* müsst auch nicht von meinem Geld leben können, das zahle ich für Doug, nicht für dich. Du hast zwei gesunde Hände, geh arbeiten. Du wirst wohl nicht erwarten, dass ich dir das Leben mit deinem Neuen bezahle."

Er presst es zwischen den Zähnen hervor. Niemand soll das hören, auch wenn die anderen weit weg stehen. Wie stünde er dann da.

Er weiß, was ihr nächstes Argument ist. Sie hat es schon oft genug gesagt.

„Wenn du dein Geld nicht für diese – Schnapsidee benützen würdest ..."

Seine Stimme ist eiskalt.

„Es ist keine Schnapsidee. Und ich verwende dafür nicht so viel Geld, wie du immer behauptest. Aber ich bin kein Großverdiener. Und auch kein Trottel, der die Frau davonlaufen lässt und dann ihr noch das Geld in den Hintern schiebt!"

Sie legt auf. Das hat sie eigentlich schon vorher gewusst, dass es sinnlos ist. Aber es ist eben ein Scheißtag. Das mit dem Barkeeper hätte Hank nie erfahren sollen. Es ist ein Fehler gewesen, Doug das eine Mal mitzunehmen, der Junge ist klug, der sieht Dinge und zählt zwei und zwei zusammen. Das hätt er sich sparen können, das Zusammenzählen, weil der Barkeeper ist schon Vergangenheit. Auch so ein Nichtsnutz. Was erst, wenn Doug auch den Rest erzählt?

Sarah legt ihre Hand auf ihren sich wölbenden Bauch und weint.

Hank stapft durch den Schnee in die Halle zurück, das Dröhnen der Maschinen empfängt ihn, betäubt alle Gefühle in ihm, hämmert durch seinen Körper, bis er die Ohrenschützer aufsetzt.

26

Ein einziges Gefühl bleibt, ein Ziehen und sich Verknoten in seinem Inneren.

Mit den öligen Fingern tippt er eine SMS.

„Hey Dougbug, Daddy liebt dich."

LOS ANGELES

„Was für wunderschöne Augen Sie haben, mein Kind!"

Die alte Frau greift mit ihrer zittrigen Hand nach Catalinas Arm. „Bei so einem freundlichen Gesicht geht es einem doch gleich viel besser."

Nett ist das gewesen, wie die Alte das gesagt hat, findet Catalina. Noch immer drängt sich ein Lächeln in ihr Gesicht, wenn sie an die Worte des Notfalls um 23.15 denkt. Des einzigen schweren Unfalls in dieser Nacht, was die Sache noch besser macht.

Sie packt ihre Trinkflasche in den Rucksack, wirft sich ihre Jacke über. Dienstschluss, das schönste Wort des Tages, behaupten die anderen immer, aber sie mag ihren Dienst, sie mag die Stunden im Rettungswagen.

Der morgendliche Stau durch L.A. gehört zu ihrem Tagesende dazu, wie das Amen in der Kirche. Sie singt vor sich hin, mit dieser wohligen Müdigkeit, die man nur nach einem ruhigen, zufriedenstellenden Nachtdienst kennt.

„Blechkolonnen, Menschentonnen, nichts mehr fließt, wenn einer niest", dichtet sie, als jemand vor ihr aus unerfindlichen Gründen fast stehenbleibt. Hinter ihr beginnt ein Hupkonzert, sie ist versucht, mit den Fingern zu dirigieren.

Sie macht den kurzen Umweg über Chinatown, sie hat ungeheuren Appetit auf Baozi, und sie kennt den besten Stand für die flaumigen Teigtaschen.

„Vier mit Fleisch und acht Süße", bestellt sie bei der uralten Chinesin, die hinter ihrem Straßenstand im Dampf ihrer

Garküche kaum zu erkennen ist.

Mutter wird schimpfen, das weiß sie jetzt schon, weil von den süßen wird Onkel Ricardo wieder die meisten essen, dabei muss er mit seinem Zucker aufpassen, aber wenn sie keine mitbringt, dann schimpft wieder ihre Schwester Jamila …

„Sind die gut?", fragt eine Stimme neben ihr.

Catalina wendet sich dem Sprecher zu, ein junger Mann, vielleicht ein Jahr jünger als sie selbst. Sein Englisch hat einen Akzent, den sie nicht sofort einordnen kann.

„Ja, sie sind fantastisch! Hi, ich bin Catalina."

„Hi. Mein Name ist Bernd, aus Österreich, Europa."

Er reicht ihr die Hand, sie nimmt sie lachend. Der Tag wird ja immer besser! Ein fescher junger Tourist noch vor dem Frühstück …

„Bist du zum ersten Mal in Chinatown?"

Die Chinesin reicht ihr den Pappkarton mit den Baozi, sie öffnet ihn sofort und fischt sich einen der süßen heraus.

Bernd nickt, schaut neugierig auf Catalinas Essen.

„Möchtest du kosten? Ich liebe die mit süßem Bohnenmus darin, meine Schwester könnte für die mit Fleisch glaube ich töten."

Bernd zeigt ein bezauberndes Lächeln, seine strahlenden Zähne blitzen. „Gerne."

Sie hält ihm ihren Baozi hin, er beißt ab, atmet schnaufend ein, wedelt mit der Hand. „Heiß! … Aber gut."

Er hat hübsche Augen. Blau, dazu die blonden Haare ...

Langsam nimmt nun Catalina selbst einen Bissen und sie kann sehen, dass die Art und Weise, wie sie Bernd ansieht und dabei den Baozi in den Mund schiebt, von dem er gerade abgebissen hat, seine Wirkung nicht verfehlt.

Er räuspert sich. Schaut grinsend zur Seite.

„Ist ein herrlicher Tag heute, nicht wahr?", versucht Catalina das Gespräch in Gang zu halten.

„Ja. Kein Vergleich zu Österreich, bei uns liegt viel Schnee um diese Jahreszeit."

„Ich habe gehört, Schnee soll sehr toll sein. Ganz weich."

Sie leckt etwas Bohnenmus von ihrem Finger und ist fast selbst ein wenig überrascht, wie gebannt Bernd sie dabei beobachtet.

„Kalt ist Schnee. Und weich nur, wenn er ganz frisch ist. Da gefällt es mir hier besser."

Sie sehen einander in die Augen.

Bernd räuspert sich erneut. „Bist du am Weg in die Arbeit?"

„Nein, ich bin am Weg nach Hause."

Auf seinen fragenden Blick meint Catalina: „Ich bin Sanitäterin."

Der Stolz in ihrer Stimme ist nicht zu überhören. Ja, sie ist stolz darauf. Sie ist die einzige in ihrer Familie, die das College gemacht hat. Aber Bernd reagiert nicht so, wie sie erwartet.

„Ach, ich war auch Sanitäter im Zivildienst", sagt er, als wäre das gar nichts Besonderes.

„Du warst? Warum hast du aufgehört?"

Bernd zuckt die Schultern. „Ich fand das ein wenig langweilig, hauptsächlich alte Leute herumführen, zu irgendwelchen Untersuchungen. Aber war schon ok für die paar Monate, die man halt muss."

„Die man muss?"

„Zivildienst. Habt ihr das nicht? Bei uns muss jeder Mann entweder ein halbes Jahr zum Militär oder neun Monate irgendwo bei der Rettung oder im Altersheim oder so."

Wie verrückt ist das denn, denkt sich Catalina. Was kann man in ein paar Monaten denn schon lernen, allein die Ausbildung zum Sanitäter dauert doch viel länger. Und Taxi für alte Leute, also dafür würde sich die Rettung doch nie hergeben.

„Auf alle Fälle", versucht Catalina die Stimmung zu retten, „falls du Lust hast … ich hau mich ein Weilchen aufs Ohr, aber am Nachmittag, wenn du möchtest …"

Bernd sieht sie lächelnd an. „Klar … du kannst mir ja die Stadt zeigen."

Catalina lacht.

„Die Stadt zeigen! Weißt du, wie groß L.A. ist?"

„Natürlich." Nun klingt er ein wenig eingeschnappt. „Größer als ganz Österreich."

Catalina staunt. Dass es so ein kleines Land gibt, kann man sich kaum vorstellen.

Als sie sich verabschieden, die Telefonnummer des anderen eingespeichert, drückt Bernd ihr einen sanften Kuss auf die Wange.

Die Europäer sind so ganz anders …

Catalina schmunzelt immer noch über diese nette Begegnung, als sie fünf Minuten später mit ihren Baozis zuhause durch die Türe tritt, mitten in das morgendliche Chaos.

Ihre kleine Schwester rennt kreischend an ihr vorbei, verfolgt von ihrem Bruder, der offenbar eine riesige Spinne in der Hand hält. Mutter packt in der Küche die Schuljausen, als müsse sie eine ganze Armee versorgen, dabei schimpft sie mit Catalinas Onkel Ricardo. Catalina hat keine Ahnung, worum es geht, aber es muss mal wieder ganz besonders wichtig sein.

Ihr Vater eilt die Treppe hinab, drückt ihr einen Kuss auf die Wange.

„Guten Morgen, Gute Nacht, mein Zuckerchen."

Er stürmt aus dem Haus, sich die Krawatte bindend. Wann er sich wohl endlich etwas Geschmackvolleres zulegt, als dieses Augenkrebs erregende Streifenmuster?

Im Wohnzimmer läuft der Fernseher, niemand sieht wirklich zu, aber Catalina kann sich nicht erinnern, wann er je abgeschaltet gewesen wäre. In den Nachrichten zeigen sie gerade die Landkarte von China. Ist das China? Irgendwas in Asien auf alle Fälle. Nachher wird sie auch googeln, wo Österreich ist. Er kann ja wohl nicht Australien gemeint haben, weil das weiß sie, das ist größer als L.A.

Catalina hilft ihrer Großmutter, mit dem Rollator die Küchentüre zu öffnen.

„Oh, der Mann, der dich eines Tages bekommt, Catalina, der kann sich sehr glücklich schätzen!", tätschelt Oma ihr die Wange.

„So glücklich, wie Opa es mit dir war", erwidert sie, weil es sie freut, das selige Lächeln im Gesicht ihrer Oma zu sehen.

Auch das liebt Catalina an ihren Nachtdiensten. Unter der Dusche zu stehen und dem Lärm im Haus zu lauschen, der langsam abebbt.

Als sie ihr Haar gewaschen hat und nach Duschgel duftend in ihren kurzen Pyjama schlüpft, ist es still im Haus, nur der Nachrichtensprecher im Fernseher ist leise zu hören. Alle anderen haben ihren Tag begonnen.

Sie lebt gegen den Strom.

TOKYO

„Ikkyo!" - „Sankyo!"

Dazwischen die leisen Schläge, wenn jemand mit der Hand gegen die Matte abklopft. Jedes Mal, wenn sie die Treppe zum Dojo hinaufgeht, wird ihr das Herz weit. Naotos Stimme durchdringt das Gebäude, befehlend und doch auch mit dieser Ruhe, die sie an ihm so schätzt. Sie muss kurz innehalten, langsam gehen, ihr Knie will noch immer nicht wieder so recht. Naoto scherzt immer, dass ihre französischen Knochen eben doch nicht dafür gemacht sind, wie ein Japaner zu leben.

Sie zieht ihre Schuhe aus, stellt sie ordentlich in eine Reihe mit all den anderen. Viele Schuhe stehen hier, der Unterricht ist also voll. Auch das freut sie. Naoto ist so ein guter Lehrer, so gut, dass man ihn selbst nach Europa zu den Aikido-Lehrgängen einlädt.

Sie tritt an die Glastüre heran, drinnen, im Saal, sitzen nun alle Schüler auf ihren Fersen, eine lange Reihe aufrechter Menschen, junge und alte, Männer und Frauen, Anfänger und Fortgeschrittene. Ein Rücken neben dem anderen, und nichts regt sich. Nur der Mann, der der Reihe gegenüber kniet, zwinkert ihr zu. Und ihr Herz macht einen kleinen Sprung, obwohl sie schon so lange verheiratet sind, ein kleiner Zwinker reicht, und sie könnte kichern wie beim ersten Rendez-Vous. Sicher, damals hatte er noch mehr Haare, aber nun wirkt er dafür – beeindruckender.

Die Reihe aufrecht kniender Menschen wird zu einer Reihe dunkelblauer Hinterteile, als die Schüler ihre Hände vor sich auf den Boden legen und sich vor ihrem Sensei verbeugen. Schweigend erheben sie sich, Yolaine liebt das Geräusch der Hakamas, der rockartigen Hosen, wenn sie beim Aufstehen knistern und knattern.

Sie sollte auch wieder in die Stunden kommen, es tut ihr immer gut, bis auf das Knie.

Sie macht einen Schritt zur Seite, um die Schüler aus dem Saal zu lassen. Einzeln und ganz der strengen Etikette entsprechend, wenden sie sich noch einmal dem Bild von Ueshiba Morihei an der Wand gegenüber zu, ehe sie den Saal verlassen, und verbeugen sich. Kaum jedoch haben sie die Schwelle übertreten, werden Witze durch den Raum gerufen, Ärmel über die verschwitzte Stirn gerieben, besprochen, ob man noch etwas trinken gehen soll.

Yolaine wartet, bis der Saal fast leer ist, dann betritt auch sie ihn mit einer Verbeugung. Naoto steht noch in ein Gespräch mit einem der Schüler verwickelt, sie kennt den jungen Burschen, er wird in Kürze seine erste Dan Prüfung ablegen. Sie will nicht stören, geht zum Fenster, um hinauszublicken.

Im Winter ist immer die Zeit, in der sie ihre Heimat am meisten vermisst. Aber bald werden sie wieder im Flugzeug sitzen, man hat Naoto nach Paris eingeladen, um einen Lehrgang abzuhalten und die dortigen Prüfungen abzunehmen. Sie wird Mion wiedersehen. Seit er in Frankreich studiert, wird ihr erst recht jeden Tag bewusst, wie weit sie von daheim weg ist, da hilft alles Skype nicht darüber hinweg.

Die beiden Männer verbeugen sich voreinander.

Naoto tritt zu ihr, legt ihr die Hand auf die Schulter. Hinter ihm sieht sie einen Schüler, der mit dem großen Besen die Matten säubert, zügig und exakt.

„Welch seltener Besuch in meinem Dojo."

Sie streicht ihr Haar hinter das Ohr zurück, erst heute hat sie wieder ein paar weiße Strähnen entdeckt.

„Ich war in der Nähe. Ein neuer Schüler." Sie lächelt. „Seine Eltern sind nicht begeistert, dass er nach Europa gehen will, das hat er gleich zu Beginn gesagt. Entweder wird er also bald wieder mit dem Französisch Unterricht aufhören, oder ich habe einen ehrgeizigen Schüler mit starkem Willen."

„So oder so wird er dir ans Herz wachsen."

Sie nickt und sieht zum Fenster hinaus, auf die graue Straße, den Lärm der Großstadt. Warum fühlt sie sich heute traurig? Es ist gewiss der Winter. Und diese Sorge, die sie nicht abschütteln kann.

Naotos Blick ist durchdringend. Ihm kann sie nichts vormachen.

„Wir werden fliegen, keine Sorge."

Er weiß, dass sie an die Nachrichten denkt. An dieses Kreuzfahrtschiff, das vor Yokohama vor Anker liegt.

„Sensei?", ruft jemand von der Saaltüre her. „Kommen Sie noch mit?"

Naoto lächelt dem Schüler zu, mit diesem gewinnenden Lächeln, das bereits im ersten Augenblick Yolaines Herz gewonnen hatte, als er sich auf diesem Lehrgang vor einer halben Ewigkeit vor ihr verbeugte.

„Wir kommen, geht nur schon vor."

Yolaines Finger streichen über den Fensterrahmen. „Ich habe überlegt, wieder mit dem Training zu beginnen."

„Es würde mich sehr freuen", antwortet Naoto. „Es ist schon eine Weile her, dass ich dich auf die Matte geworfen habe." Der Schalk blitzt ihm aus den Augen.

„Es würde meinem Knie gut tun. Drei Monate Pause sind genug."

Naoto geht neben ihr her zum Ausgang. „Mir fehlt das Dojo schon nach einem Tag Abwesenheit."

Sie lächelt, streicht ihm sanft mit der Hand über die Wange.

„Es ist eben dein Leben."

Sie hat gedacht, mit Naoto und den Schülern mitzugehen, würde sie ein wenig ablenken. Wahrscheinlich ist sie ja nur überreizt, übermäßig nervös. Die Hormonschwankungen der Wechseljahre, würde man in Frankreich sagen. Hier kennt sie keine Frau, die auch nur mit einem Wort solche Beschwerden erwähnen würde. Angeblich kennen Asiaten so etwas ja nicht. Sie vermutet aber eher, dass es einfach ein Tabu ist, darüber zu reden. Wie so vieles.

Aber in dem Lokal, in dem sie alle noch gemütlich beisammensitzen, läuft natürlich auch ein Fernseher, und auch wenn sie gerade nichts über dieses Kreuzfahrtschiff bringen, alleine die Tatsache, dass der Fernsehapparat sie alle an die Nachrichten erinnert, reicht, dass darüber geredet wird.

„Ich finde, man sollte sie zurückschicken. Das ist nicht unser Problem, wenn sie sich in China angesteckt haben, dann sollen sie auch dorthin zurück", sagte eine drahtige Frau. „Wieso sollen sie in unserem Hafen in Quarantäne liegen und dann in unseren Spitälern versorgt werden?"

„Das ist doch alles nur Panikmache. Sie haben doch dauernd irgendwelche Epidemien dort. Ich wette, das ist nur westliche Propaganda, um China zu schwächen."

„Da lobe ich mir unser Gesundheitssystem, bei uns wäre so etwas sofort im Griff."

Naoto folgt den Gesprächen am unteren Ende des Tisches nur mit einem Ohr. Er will sich auch gar nicht daran beteiligen, denn es ist schwierig, die Wahrheit zu kennen. Er vertraut den Behörden, das Richtige zu tun. Yolaine macht sich Sorgen, das sieht er. Er weiß auch, dass sie gewiss längst die verschiedensten Internetseiten durchsucht hat, um an mehr Informationen heranzukommen. Sie hat ein natürliches Misstrauen allen offiziellen Informationen gegenüber, so ganz anders als seine Landsleute. Wohl eine Folge ihrer Erziehung, ihre Eltern waren auch Freigeister. Ihrer inneren Zurückgezogenheit nach hält sie die Sache für ernster, als die meisten denken.

Er nimmt einen Schluck von seinem Bier.

Nun, wie es ist, so ist es. Man wird sich anpassen.

„Deine Eltern haben zu Mittag angerufen", sagt Yolaine leise.

„Was wollten sie?"

Yolaine zuckt die Schultern. Seine Eltern mögen seine Frau nicht und machen auch kein Geheimnis daraus. Das einzige, das sie der Gaijin zugute halten, ist der Sohn, den sie der Familie geschenkt hat. Aber das ist nun auch schon fünfundzwanzig Jahre her.

„Ich werde sie morgen zurückrufen."

Yolaine blickt auf die zarte Armbanduhr, die er ihr zum dreißigsten Hochzeitstag geschenkt hat. Sie ist eine der wenigen Frauen, die er kennt, die noch eine Armbanduhr tragen.

„Wenn es dir recht ist, Naoto, würde ich gerne bald nach Hause. Ich möchte Mion anrufen."

Sie macht sich wohl wirklich Sorgen, denkt Naoto.

WIEN

Eigentlich müsste sie nun längst zurück sein. Schließlich hat sie ja nur ein Touristenvisum für drei Monate. Aber was weiß er schon, was weiß schon irgendwer im Moment.

Frustriert hockt Alex im Dunkeln auf der kleinen Terrasse des Gartenhäuschens und trotzt den Gelsen, die ihn und sein Bier umschwirren. Immer noch besser, als in einer Wohnung in der Stadt, er kann zumindest draußen sitzen.

Unglaublich, wie still es in Wien sein kann. Nur die Fernseher plärren aus allen Richtungen, ein Mischmasch an Nachrichten, Dokus und Filmen. Darunter viele Aufzeichnungen alter Sendungen, denn zur Zeit findet ja gar nichts statt. Nichts. Nada. Außer die selben Nachrichten in Dauer-schleife. Als würden die Menschen versuchen, durch die Geräusche aus der Konserve so etwas wie normales Leben zu simulieren.

Ein lautes Motorengeräusch ertönt in der Ferne, da hat es wohl wer eilig. Es ist der einzige Verkehrslärm. Denn sonst fährt nichts. Nichts. Nada. Ganz Wien hat Ausgangssperre. Das gelegentliche Martinshorn ist mehr Bekundung der Wichtigkeit des Transportierten als Notwendigkeit.

Er beobachtet einen Nachtfalter, der die Kerze auf dem Tisch umschwirrt.

Wer hätte das vor ein paar Wochen auch nur ahnen können.

Immer hat er gedacht, Österreich, das ist das Land der Seligen. Aus dem man am besten möglichst oft wegfährt, aber wenn, wenn, dann ist man in Österreich sicher. Wenn einmal die Welt untergehen sollte, ziehe ich nach Wien, denn dort passiert alles fünfzig Jahre später. Wer hat das denn gesagt, Karl Krauss? Er kann sich nicht erinnern, er erinnert sich nur an den Spruch aus dem Studium.

Er ist wütend. Wütend auf Birgit, die nun irgendwo in Neuseeland sitzt, ob in Sicherheit oder nicht, keine Ahnung. Sich nicht einmal mehr meldet. Nicht, dass ihm so wahnsinnig daran liegt, mit Lola zu plaudern, die Skype Gespräche waren ermüdend, man kann nur so und so oft „Ach wie toll" sagen zu Dingen, die einem eigentlich egal sind. Aber er hat den Verdacht, dass sie es besser getroffen hat. Wahrscheinlich sitzt sie in irgendeinem Yoga Zentrum, in angeregte Unterhaltungen verstrickt, streckt sich dann mit Lola in einem duftenden Bett aus und lauscht dem Rauschen des Meeres. Und er? Die Alte Donau rauscht nicht.

Nichts funktioniert mehr so wie früher. Niemand geht auf die Straße, es gibt so gut wie keine Geschäfte, die offen haben. Seit ein paar Wochen nun schon. Immerhin kann man Essen bestellen, geliefert wird es an die Gartentüre. Aber auch da gibt es vieles schon nicht mehr. Woher auch. Das ganze Land ist in einer Schockstarre. Sein Pizzalieferant hat sich beschwert, keine Kartons mehr zu haben, die letzte Pizza gab es in einem Müllsack. Dabei desinfiziert die Hitze des Ofens die ganze Pizza, das war also einer der wenigen Gewinner der Veränderungen.

Naja, fünzig Euro für eine Pizza, friss oder stirb.

Er geht nach drinnen, in seine winzige Hütte. Sein Gefängnis, ist er versucht, es zu nennen. Dabei ist er ja nicht krank, viele sind nicht krank, aber jeder hat Panik, sich anzustecken. Die Todesrate ist zu hoch, als dass man es auf die leichte Schulter nähme. Selbst er nicht, dabei ist er früher überall hin gereist, Malaria Gebiet? Egal. Dengue-Fieber? Na und. Wieso fehlt ihm nun dieser Mut? Was ist anders? Er lässt sich auf sein Bett fallen, den Blick auf die Weltkarte gerichtet, die er darüber an die Wand geheftet hat. Bunte Linien überziehen sie, all seine Reisen bisher. Jetzt hat er ja auch schon längst wieder weg sein wollen.

Die Geräusche der Fernsehsendungen seiner Nachbarn sind im Inneren der Hütte deutlich gedämpft. Er gäbe viel darum, fernsehen zu können. Strom hat das Gartenhäuschen ja, aber keinen Apparat. Und auch kein Internet. Das Datenguthaben seines Handys für einen Monat ist schon nach einer Woche verbraucht, um es sich einzuteilen, fehlt ihm die Disziplin. Den Versuch, bei der Hotline durchzukommen, hat er irgendwann aufgegeben. Zu den Nachbarn gehen? Unmöglich, jeder mißtraut jedem, Fremden noch viel mehr.

So ein Virus ist wirklich widerlich, denkt er und beobachtet eine Spinne, die in der Zimmerecke ihr Netz spinnt. Hinterhältig, gefährlich und langweilig.
Er hat in Australien Buschbrände erlebt, war auch einmal in einem Katastrophengebiet nach einem Erdbeben. Scheußlich, sicher. Aber auch verbindend. Mensch gegen Natur, Mensch hilft Mensch, Menschen verbünden sich.
Aber so ein Virus … Da verbündet sich keiner, da verkriecht sich jeder alleine in seinem Loch.
Fies.
Nur Eltern, die halten zu ihren Kindern, oder?
Was zählt mehr, überlegt er plötzlich. Das Leben einer Mutter, die erneut wieder Kinder bekommen kann, oder das des kleinen Kindes, das dann auf Kosten anderer großgezogen werden muss?
Verrückte Gedanken hat man, wenn man nichts zu tun hat.

Er seufzt und tritt wieder vor die Türe, drinnen ist es immer noch muffig, egal wie oft er die Hütte schon gelüftet hat. Zumindest hat er ein Dach über dem Kopf, einen Platz zum

Leben, das ist wieder der Vorteil, dass derzeit alles im Chaos ist, denn eigentlich darf man ja hier im Schrebergarten nicht für längere Zeit wohnen. Er nähert sich dem Gartenzaun, wo der Gemeindebau angrenzt. Bis jetzt haben die paar kleinen Gärten der Bauwelle in Wien trotzen können. Er sucht sich die beste Stelle, um etwas von den Nachrichten mitzuhören. Der Zaun ist sein persönlicher Sendewahlplatz, wegen der Wärme haben die meisten die Fenster offen, Virus hin oder her.

Die Todeszahlen sind schon wieder gestiegen, aber verrückterweise die Börsenkurse auch. Das verstehe einer, er nicht. Nun hat es auch in Island die ersten Fälle gegeben, obwohl die sofort die Grenzen rigoros dicht gemacht hatten. Ob da einer hingeschwommen ist? Was essen die jetzt dort? Was für ein Glück, dass er kein Isländer ist, er hasst Fisch.

Er hört es rascheln. Ein Igel schnauft vor seinen Füßen vorbei.

Man muss vorsichtig sein, heutzutage, wer sich herumtreibt. Als er heute Früh aufwachte, hat er Geräusche im Garten gehört. Da war ein älteres Ehepaar, vom Typ Hofrat mit Gattin, die haben sich über die Kirschen auf seinem Baum hergemacht und davon geredet, dass sie Beete anlegen wollen. Sie sind zu Tode erschrocken, als Alex plötzlich vor ihnen stand, mit einem Tennisschläger in der Hand.

Hatten nicht gedacht, dass jemand hier wohnt. Er hätte ihnen nicht zugetraut so schnell laufen zu können. Vielleicht haben sie auch gedacht, dass er sie ansteckt. Auch wenn er nicht krank ist, besonders gepflegt schaut er im Moment wohl nicht aus.

Im Weglaufen haben sie noch gerufen, wie blöd er ist, hat einen Garten und nutzt ihn nicht.

Am liebsten hätte er hinterhergebrüllt, wie er das denn machen soll, ohne Saatgut. Er kann ja nicht einmal welches über das Internet bestellen. Verdammter Virus, er kann nicht mal die Kirschen verkaufen, weil sich alle vor der Ansteckung fürchten.

Wie er nun so in den dunklen Garten blickt, die unkraut-überwucherten Blumenbeete, muss er den Beiden recht geben. Er hat einen Garten. Er könnte mehr zu essen haben, als das Wenige, das man per Telefon bestellen kann. Wenn … wenn er Saatgut hätte. Wenn man mehr als € 20,- pro Person und Tag von seinem Konto verwenden dürfte. Bargeld nimmt keiner gerne, weiß doch jeder, was das für eine Bazillenschleuder ist. Außer auf dem Schwarzmarkt, aber seine Bargeldreserven sind schon seit Wochen verbraucht. Und auf dem Konto fließt das Geld auch nur in eine Richtung, alles raus und nichts kommt rein. Ein Reiseblogger ohne Reise macht keine Werbeeinnahmen. Ohne seine Eltern wäre er schon lange pleite, ein Hoch auf die österreichischen Beamten.

Er und gärtnern, Birgit würde einen Lachkrampf kriegen. Andererseits, zumindest etwas zu tun. Denn die Langeweile, das ist das Schlimmste. Er hat ja nichts hier. Wollte ja wegfahren, nach Norwegen. Ging ja viel zu plötzlich für seinen Geschmack, dass es plötzlich hieß, man darf nicht mehr reisen zum Vergnügen. Dabei war Reisen ja sein Job. Nur ausgewählte Personengruppen. Zulieferer, Ärzte, sowas halt. Manche müssen auch zur Arbeit, die in den wichtigen Fabriken. Und Infrastruktur, vor allem Strom, Wasser, Abwasser, Müll. Der Strom muss laufen, die Glotze darf nicht schwarz werden.

Außerhalb von Wien soll es nicht so streng sein, heißt es. Aber Wiens Bürgermeister hat da nichts gekannt, alles dicht gemacht, vorbeugend, hieß es, aber weiß doch jeder, dass da nichts mehr vorbeugend ist, nur nachkriechend.

Den Geräuschen nach, die er jeden Tag aus den Fenstern der Gemeindebauten hört, spielen sie das gesamte ORF-Archiv rauf und runter. Paul Hörbiger, *Reich und Schön*, selbst die alten Quizshows werden wieder ausgegraben, er meint, „Welches Schweinderl hättens denn gern" gehört zu haben. Betäubt sie mit Programm, damit sie nicht nachdenken.

Er hat nur die Raupen, Schmetterlinge und Gelsen, um sich zu betäuben und abzulenken. Ihm fehlt das Füllhorn neuer Eindrücke, die er auf Reisen so aufgesaugt hat.

Sein Handy läutet. Seine Mutter klingt verzweifelt.

„Vater ist krank. Also, nicht krank, nicht der Virus, er hustet nicht und auch kein Fieber, aber … ich mache mir Sorgen, es geht ihm schlecht. Alex, was soll ich tun? Soll ich die Rettung rufen?"

Wie soll er das entscheiden, wenn er hier in seiner Hütte sitzt? Er versucht, die Mutter zu beruhigen, verspricht, sofort zu kommen.

„Aber die Ausgangssperre!"

„Das mach ich schon, Mama. Es ist dunkel, so weit ist es ja nicht."

Er freut sich fast. Endlich tut sich etwas. Alles ist besser, als untätig rumzusitzen. Er steckt eine Taschenlampe ein, zieht sich einen dunklen Pulli an. Als ihm bewusst geworden ist, dass die Sache ernster war, gab es längst keine Atemmasken mehr zu kaufen. Also muss ein Geschirrtuch herhalten, doppelt gelegt. Wie beim Cowboy- und Indianer-Spielen als Kind. Diese Masken helfen doch sowieso nichts, redet er sich ein. Und er wird ja auch niemandem begegnen.

Er zieht Gummihandschuhe über, die seit Jahren unter der Abwasch gelegen sind. Der eine hat ein Loch, aber besser als nichts. Er hat keine Lust, sich anzustecken, in irgendeiner Schule in Massenquarantäne in einem Bett zu liegen und langsam zu krepieren. Das hat er in einem Gespräch gestern aufgeschnappt, ein Streit zwischen einem Paar.

Trotz Ausgangssperre brennen überall die Straßenlaternen, damit die Polizei und das Militär auf ihren Kontrollfahrten alles besser im Blick haben. Am Rand der Schrebergartensiedlung kann Alex sich noch gut an den ganzen Hecken entlang bewegen, aber bald muss er die erste Straße überqueren. Er hält inne. Der Anblick ist schwindelerregend, wie das Gefühl, wenn man über eine kaputte Rolltreppe läuft. Der Kopf ist so daran gewöhnt, wie es sich anzufühlen hat, dass er mit den neuen Eindrücken nicht zurechtkommt. So geht es Alex nun. Da ist diese große Straße, drei Spuren in jeder Richtung, dazwischen ein schmaler Streifen mickriges Grün, und – kein einziges Auto zu sehen. Stille. Unglaublich schön, irgendwie. Er läuft mitten auf der Fahrbahn, immer noch berauscht von der Ungewohntheit der Empfindung. Daran könnte er sich gewöhnen.

Schon von Ferne hört er das Brummen eines Motors und rennt zum Gehsteig, verbirgt sich in einem Hauseingang. Ein Kühl-LKW, Lebensmittel. Noch schafft es die Stadt, dass es Essen gibt, niemand muss hungern. Alles, was von außerhalb angeliefert wird, wird mit irgendetwas eingesprüht, oder verarbeitet. Und lang kann die Krise ja nicht mehr dauern, oder? Irgendwann muss ja der Höhepunkt überschritten sein. Jede Grippewelle hat doch irgendwann ein Ende.

Ein paar Straßen weiter hält ihn eine Polizeistreife auf.

Zuerst wird seine Temperatur gemessen. Wie ein Taser schaut das Ding aus, das sie aus sicherer Entfernung auf seine Stirn richten. Wenn die nur nicht aus Versehen mal ihre Geräte verwechseln.

36,5°C, Gott sei Dank.

„Papiere", dröhnt der Polizist durch den Mundschutz.

Vermummungsverbot, hieß es vor einigen Jahren. Kopftuchverbot. Und jetzt läuft jeder herum, dass man vor lauter Vermummung nicht einmal erkennen kann, ob Männlein oder Weiblein. Lauter weiße Spurensicherer, so sehen sie alle aus, wie in den Tatort-Krimis.

Alex ist nervös, muss ein Kichern unterdrücken, die dümmsten Gedanken gehen ihm durch den Kopf.

Er will die Papiere dem Polizisten überreichen, doch der schüttelt nur den Kopf.

„Aufmachen", kommt es dumpf unter der Maske hervor.

Alex schlägt seinen Pass auf, der Polizist starrt angestrengt durch die Schutzbrille darauf, sagt seinem Kollegen im Wagen Alex's Namen an. Der tippt seine Daten in einen kleinen Bordcomputer. Nun ist es also amtlich, dass er unterwegs ist.

„Was machen Sie da heraußen?"

„Mein Vater braucht Hilfe."

„Wo? Wir schicken einen Krankenwagen."

Der Polizist wendet sich bereits zu seinem Kollegen.

„Nein!"; ruft Alex erschrocken. „Ich meine, nicht so Hilfe. Er … ein Computerproblem. Und er braucht seinen Computer, er … Homeoffice. Leitende Position bei der Gemeinde, Müllabfuhr..."

Einen langen Augenblick sieht der Polizist ihn an. Durch die Schutzbrille sind seine Augen nur verschwommen erkennbar. Aus irgendeinem Grund muss Alex an den Woody Allen Film denken, in dem die Spermien sich unterhalten, und er muss ein irrationales Kichern unterdrücken.

„Das nächste Mal melden Sie es vorher an, wenn Sie einen Weg zu erledigen haben."

Mit einer Handbewegung wird Alex aus dem Gespräch entlassen, der Polizist klettert umständlich wieder in den Streifenwagen.

Alex läutet an der Wohnungstüre seiner Mutter. Ihr Auge erscheint hinter dem Türspion, dann wird an der Kette geruckelt, der erste Riegel geöffnet, dann der zweite. Seine Eltern waren immer schon sehr vorsichtig.

Bevor sie die Tür öffnet, fragt sie noch einmal: „Alex, bist das du?"

„Ja, Mama."

Endlich geht die Türe auf. An den Wänden in dem schmalen Vorzimmer stapeln sich Kartons. Ehe Alex noch fragen kann, was sich darin befindet, muss er Plastiküberschuhe anziehen und die Mutter scheucht ihn zum Badezimmer. Sie hat eine

Atemschutzmaske und Schutzbrille auf. Sein Geschirrtuch und die Küchenhandschuhe – beides entlockt ihr ein entsetztes Kopfschütteln – muss er in den verschließbaren Mistkübel neben der Eingangstüre werfen.

„Geh dich waschen, gründlich. Desinfektionsmittel steht am Waschbecken. Symptome hast du keine, oder?"

„Nein, Mama. Ich bin gesund."

Nur nicht besonders sauber, denkt er sich. Das Gartenhäuschen besitzt keine Dusche, nur ein kleines Becken, das als Abwasch und Waschbecken herhalten muss.

Sie beobachtet ihn von der Türe her, gibt erneut Anweisungen, dass er sich die Hände gründlich, wirklich gründlich waschen soll. Wie im Kindergarten. Als er sich die Hände schon abtrocknen will, wieder das missbilligende Kopfschütteln der Mutter und er greift nochmal zur Seife.

Erst dann nimmt sie die Atemschutzmaske ab.

„Man muss vorsichtig sein. Papa und ich sind nicht mehr die Jüngsten, und Papa hat erst letztes Jahr die Grippe gehabt."

Er folgt ihr ins Wohnzimmer. Auch hier stehen Pappkartons.

„Papa hat rechtzeitig vorgesorgt." Sie lacht angespannt. „Dosengulasch haben wir nun genug."

Sein Vater liegt auf der Couch, blass. An die Decke, mit der er zugedeckt ist, kann Alex sich noch gut erinnern. Mutter hat Monate damit zugebracht, sie zu häkeln, als er ein Kind war. Das Muster ist immer noch scheußlich, wenn auch inzwischen etwas ausgebleicht vom Waschen.

„Wie geht's, Papa? Was ist los?"

„Schmerzen."

Er deutet auf seine rechte Bauchseite, Schweißtropfen stehen auf seiner Oberlippe.

Schmerzen. Das ist keines der Symptome. Rechts. Das klingt auch nicht nach Herzinfarkt.

„Ich weiß einfach nicht, Alex", sagt seine Mutter hinter ihm, „ob es klug ist, ihn ins Spital zu bringen. Ich habe es schon gegoogelt, also, es können Gallensteine sein. Oder eine Leberkolik. Vielleicht auch nur festsitzende Winde. Darmkrebs käme auch in Frage, aber Papa hat erst letzten Herbst eine Koloskopie gehabt und da war nichts Auffälliges."

„Sollen wir die Rettung holen, Papa?"

Sein Vater zuckt mit den Schultern. „Ich weiß nicht ..."

Seine Mutter seufzt ungeduldig. „Meinst du, ich hätte dich angerufen, wenn er wüsste, was er will? Aber es wird nicht besser, trotz Wärmeflasche und Tee. Ich mach mir wirklich Sorgen. Aber Arzt will keiner kommen, morgen vielleicht, haben sie am Telefon gesagt, kann man mit einem zumindest über Telefon. Wenn überhaupt. "

Alex sieht sich um, als könne ihm die Wohnung seiner Kindheit eine Antwort geben. Er ist der Sohn, er ist das Kind, wieso soll er wissen, was sein Vater braucht? Väter wissen doch immer alles. Aber sein Vater ist nun eindeutig nicht in der Lage, etwas zu entscheiden. Und seine Mutter offensichtlich auch nicht, gut, sie hat immer schon getan, was der Vater gesagt hat. Gute alte Schule eben. Jetzt ist er der Mann, der eine Entscheidung treffen muss.

Seine Mutter ist ganz anders als Birgit, die immer ihre Wünsche durchgesetzt hat und genau wusste, was sie wollte. Dabei heißt es doch, man sucht sich seine Mutter als Partnerin. Birgit würde jetzt ganz klar sagen, was Sache ist und was geschehen soll. Aber die sitzt ja in Neuseeland. Oder eh schon wieder in Wien. Oder sonst wo.

„Ich würde noch abwarten", sagt er. „Ich mein, echt, schaut euch doch den Wahnsinn an in den Spitälern und Quarantänestationen. Wenn du gesund reingehst, kommst du krank wieder raus – oder gar nicht. Und Zeit hat dort doch auch keiner für Untersuchungen, da legen sie den Papa auch nur irgendwo am Gang ab, weil alle Zimmer Isolierzimmer sind. Da kann er auch gleich zu Hause liegen bleiben."

Er meint, Erleichterung in den Augen seines Vaters zu sehen. Die Mutter presst die Lippen aufeinander.

„Wenn du meinst. Mir ist halt nicht wohl dabei, dass es ihm so schlecht geht."

„Das wird schon wieder, Mama."

Am nächsten Abend ist der Vater tot.

OST-STEIERMARK

„Vorsichtig Lukas, schieb zurück, einen Meter noch."

Michael steht in der großen Lagerhalle, während Lukas auf dem Stapler versucht, den großen Tank in die vom Vater gewünschte Position zu schieben. Er schwitzt, es ist ein heißer Tag.

Zu früh lässt er die Staplergabel hinunter, das Metall macht ein durchdringendes Geräusch auf dem Betonboden. Michael zuckt zusammen. Besonders geschickt stellt sich der Bub nicht an. Er ist mit fünfzehn schon mehr auf Zack gewesen, was Traktor fahren betraf. Aber er will nicht schimpfen. Was Lukas die letzten Wochen mit angepackt hat, war brav, er kann sich nicht beschweren. Es gefällt ihm richtig, mit dem Sohn gemeinsam dieses Projekt durchzuziehen. Da hat es doch glatt seine Vorteile, dass die Schulen geschlossen sind.

Und die Idee zu dem Ganzen hat auch der Bub gehabt, das muss er ihm lassen. Es ist erst ein paar Wochen her, dass Michael am Abend in der Stube gesessen ist und mit Andrea überlegt hat, was sie weiter machen sollen.

Noch redete man nur hinter vorgehaltener Hand darüber, aber allen war klar, das war schlimmer als jeder Spätfrost. Immer noch lag ein großer Teil der letzten Ernte auf Lager, das Problem hatten sie die letzten Jahre schon gehabt, der österreichische Apfel war in der Krise.

Und jetzt, jetzt könnte man meinen, das wäre die Chance für sie, alle Grenzen dicht, keine Importe mehr … aber es will auch keiner Frischobst. So panisch sind die Leute, dabei ist ja gar nicht erwiesen, ob der Virus sich auf einem Apfel halten würde, aber nein, man isst nur, was sterilisiert und sonst wie hoch erhitzt worden ist, man weiß ja nicht, wer den Apfel schon in der Hand gehabt hat.

Der Lukas war in die Stube gekommen, gerade wie Michael gemeint hat, dass er nicht mehr weiter weiß.

Und jetzt stehen sie da und die Idee vom Lukas, die macht Sinn und funktioniert.

Und bald werden sie die komplette letzte Ernte verarbeitet haben. Jetzt muss er nur überlegen, wie er noch an weitere Äpfel rankommt.

„Papa, ich hab mir gedacht, wir könnten da echt coole Etiketten dafür machen. Dass die Leut wissen, dass das von uns ist."

Lukas hält ihm einen Zettel entgegen, auf den er eine Skizze gemacht hat.

„Das lass nur bleiben, Lukas. Besser, niemand sieht, wo das herkommt, sonst kriegen wir noch Probleme. Offiziell darf ich ja gar nicht brennen jetzt. Und viele Etiketten haben wir nicht mehr für den Drucker, das reicht schon, wenn das mit dem Marker drauf steht."

„Schade", sagt Lukas.

„Vielleicht später, Lukas. Wenn sich die Dinge ändern. Oder für unsere normale Ware, wenn mal das alles vorbei ist ..."

Es ist erstaunlich, denkt Michael. Früher war Lukas so richtig in der „Mich schert nichts" Phase, und jetzt, wo alles eigentlich so trist aussieht, da ist er voller Tatendrang.

Michael tritt aus der Halle hinaus, um nach der Destille im Brennraum zu schauen. Was für ein herrlicher Tag. Eigentlich merkt man gar nichts, hier heraußen, sie haben nie viel Verkehr gehabt auf der Straße zum Hof. Merken tut man es nur im Dorf.

Plötzlich sind sie alle bio, zwangsweise, weil es gibt ja keine Spritzmittel mehr. Arg, wie schnell die ausgegangen sind, als China nicht mehr lieferte. Und die eigenen Chemiewerke, die produzieren jetzt Wichtigeres oder stehen still, weil das ganze Werkel an kleinen Teilen aus Übersee scheitert.

Michael schaut zum Haus hinüber, wo Andrea gerade die Hofstiege herunter kommt. Fesch wie immer, wenn sie nicht im Gemüsegarten werkt.

„Michi? Ich fahr dann."

„Schlaft die Sofie?"

Andrea nickt. „Ja. Geht ihr schon viel besser, morgen wird sie wieder auf den Beinen sein."

Sie kommt auf Michael zu, reckt sich auf die Zehenspitzen, um ihm einen Kuss zu geben.

„Wird spät werden. Ich nehme einen Kanister mit, ja?"

Michael hilft ihr, einen Fünfliter-Behälter hinten auf dem Gepäckträger des Fahrrads zu verstauen.

„Maske hast mit?"

„Geh, Michi, ich hab es doch schon gehabt."

Er runzelt die Stirn. „Leicht, ja. Und keiner weiß noch, ob man dann wirklich immun ist."

Sie tätschelt seine Wange. „Wenn Gott es will, dann geschieht es so oder so. Ich vertraue meinen Kräutern mehr als den Masken, ist ja nur eine Beruhigungspille für die Leute."

Sie schwingt sich aufs Fahrrad, winkt noch einmal zurück: „Und schau nach der Sofie, dass sie ihren Tee austrinkt, wenn sie aufwacht!"

Michael winkt ihr nach und geht wieder in den Brennraum zurück. Im Sommer brennen, das hat er sonst nie gemacht. Die Dinge ändern sich, wirklich.

Er legt gerade Holz nach, als Lukas aufgeregt hereinstürzt.

„Papa! Da ist wer!"

Michael geht in den Hof hinaus, wo zwei Männer in weißer Schutzkleidung stehen.

„Grüß Gott", sagt Michael höflich. „Womit kann man dienen?"

„Wir sind vom Lebensmittelamt."

Wollen die wirklich jetzt eine Kontrolle machen? In dieser Zeit?

„Ja?"

„Es ist unsere Aufgabe, Lebensmittel für die Bevölkerung in den Städten zu sammeln."

„Wir haben alles abgegeben, was abzugeben war. Was noch da ist, hat es geheißen, ist nicht brauchbar."

Michael ist auf der Hut. Der Peter hat bereits erzählt, dass bei ihm irgendwelche zwielichtigen Gestalten aufgetaucht sind, die ihm Lebensmittel abluchsen wollten. Wie früher im Krieg, wo die Städter verzweifelt aufs Land fuhren. Nur das zur Zeit keiner wirklich fährt oder es riskiert, mit Fremden Kontakt zu haben. Ob der Hunger in der Stadt schon so groß geworden ist?

„Dennoch müssen wir das kontrollieren", sagt der eine Vermummte in Befehlston. Jetzt erst sieht Michael den Bundesheer LKW, der oben in der Einfahrt zum Hof steht. Und auch jetzt erst fallen ihm die Abzeichen auf, die das weiße Männchen auf seinem Schutzanzug trägt.

Rang und Ordnung müssen bewahrt werden …

Aus dem LKW klettern vier weitere Männer, zwei davon tragen ein Sturmgewehr in der Hand.

Michael fühlt sich mulmig. Er ist nur froh, dass Andrea gerade in den Ort geradelt ist, um dem Pfarrer mit den kranken Alten zu helfen, die sonst alleine daheim lägen.

„Woher soll ich wissen, dass Sie ..."

Er könnt schwören, dass ihn der mit den Abzeichen unter seiner Schutzbrille mit einem schiefen Blick anschaut für diesen Ansatz einer Frage.

„Schon gut, schon gut."

Er schweigt lieber. Nachher wird er den Peter anrufen und ihm Bescheid geben.

Sofie kommt aus dem Haus getapst, in ihrem Einhorn Pyjama, die Haare ganz wild vom Kopf stehend vom Schlafen. Sie bemerkt die Fremden nicht, die nun auf dem Hof ausschwärmen, um nach versteckten Vorräten zu suchen. Nicht allzu gründlich, wie Michael aus dem Augenwinkel bemerkt.

„Papa, der Onkel Peter hat angerufen, dass bei ihm gerade das Militär war, soll ich sagen."

Sie stutzt, als sie den weißgekleideten Mann mit den Abzeichen entdeckt.

„Sie sind schlampig, Herr Gruber. Weder Sie noch Ihre Tochter oder Ihr Sohn vorhin tragen eine Schutzmaske. Sie wissen doch, dass es Pflicht ist, außerhalb des Hauses bei Kontakt mit anderen eine Schutzmaske zu tragen."

Michael legt seinen Arm um Sofie, die sich an ihn schmiegt. Sie hustet leicht, was den Militärmann zurück-zucken lässt.

„Wir haben aber auch nicht damit gerechnet, dass wir in Kontakt mit anderen kommen, am eigenen Hof, oder?", sagt Michael mit hocherhobenem Kopf. „Und gehabt haben wir es auch alle schon, gleich am Anfang. So harmlos wie es war, versteht man das ganze Tamtam nicht ganz ..."

„Da haben Sie eben Glück gehabt. Harmlos ist es wahrlich nicht, das können Sie mir glauben."

Michael zuckt die Schultern.

Der Militärmann beugt sich leicht zu Sofie hinunter, wahrscheinlich beäugt er sie kritisch, man erkennt es nur nicht durch die Maske. Seine behandschuhten Finger deuten auf die Kette um Sofies Hals. „Was ist das denn?"

„A Krenkettn", antwortet Sofie schüchtern. „Weil i Fieber ghabt hab."

Ein Schnauben ist unter der Maske zu hören. „Als ob so ein Kräuterzeug da helfen würde. Naja, was erwartet man hier am Land."

Einer der beiden mit dem Sturmgewehr eilt auf den Mann mit den Abzeichen zu.

„Melde gehorsamst, Herr Vizeleutnant, wir haben keine Lebensmittel gefunden. Außer, dass der Schnaps brennt, massenweise."

„Soso. Schnapsbrennen, illegal? Das haben wir schon gerne. Alkohol ist streng rationiert, in der Panik saufen sich die Leute sonst zu Tode."

Mit großen Schritten eilt er auf den Brennraum zu, Michael hastet ihm nach. Drinnen steht Lukas ängstlich an die Wand gepresst, während einer der Soldaten interessiert die große Destille betrachtet. Hoffentlich hat keiner was verstellt und angerührt, denkt Michael.

Der mit den Abzeichen lässt seinen Blick über die vollen Flaschen gleiten. Er greift zu einer, öffnet sie und will daran riechen. Die Maske hindert ihn.

„Den können sie nicht saufen, glauben sie mir. Der ist auch nicht zum Trinken, das ist selbstgemachtes Desinfektions-mittel."

Der Kopf des Mannes mit den Abzeichen schnellt zu Michael herüber.

„Desinfektionsmittel? Sie wollen mich verarschen, oder?"

„Aber nein! Glauben Sie mir. Irgendwie musste ich ja die alte Ernte verarbeiten, zugegeben, meine Brennration hab ich schon vorher aufgebraucht, aber eben, das ist kein Schnaps zum Trinken. Nicht in dem Sinn. Das Zeug hat 80%, die Qualität ist als Lebensmittel grauenvoll, das sauft so keiner. Wir verdünnen es dann noch mit einem Kräuterhydrolat auf 70%, dann ist es auch nicht so scharf auf den Händen und ich hab recherchiert, mit 70% wirkt es am schnellsten."

Schweigen herrscht plötzlich in dem kleinen, nach Alkohol riechenden Raum. Sofie klammert sich immer noch um seine Taille, Lukas starrt ihn bleich an.

Der mit den Abzeichen schickt seine zwei Männer hinaus. Er schließt die Türe hinter ihnen, setzt sich auf eine Bank an der Wand und seufzt.

Michael hält die Luft an. Er kann es kaum glauben, als der Mann seine Schutzmaske abnimmt. Ein paar verschwitzte Haarsträhnen kleben auf seiner Stirn, die weiße Kapuze hat nasse Streifen, wo das Gummiband der Maske angelegen ist. Er ist viel älter, als Michael erwartet hat.

„Hast einen zum Trinken auch?"

Plötzlich sind sie per Du.

Michael deutet Lukas mit einer kurzen Kopfbewegung, der Junge rennt durch die Zwischentüre in den Hofladen, kehrt mit einer Flasche zurück, die er dem Vater gibt. Michael wirft einen Blick aufs Etikett, wird direkt ein wenig wehmütig. Das war ein gutes Jahr, vor zwei Jahren. Er reicht die Flasche dem Mann vom Militär, nachdem er sie geöffnet hat.

Der nimmt einen großen Schluck, gibt ein wohliges „Aah" von sich und verliert ein wenig die aufrechte, angespannte Haltung.

„Ihr habt immer guten Schnaps, da in der Gegend."

„Ja."

Der Blick des Mannes gleitet über die große Destille.

„Wie viel schaffst du am Tag?"

Michael zögert. Soll er die Wahrheit sagen?

„Genug."

„Und wie verkaufst es? Kannst mir ja nicht erklären, dass du all das Desinfektionsmittel nur für deinen Hof brauchst."

Nein, das kann er wirklich nicht behaupten.

„Gar nicht. Meine Frau ist in der Kirche sehr aktiv, vieles nützen sie einfach dort, verteilen es. Dafür wird Gott sie belohnen, eines Tages. Den Rest ... tausche ich."

„An der Steuer vorbei, was?"

Michael strafft sich. „Ich würde es auch verkaufen, aber es gibt ja offiziell kein Bargeld. Alle Konten sind eingefroren, wie sollen die Leute da zahlen?"

Sie schweigen. Der Mann nimmt noch einen Schluck.

„Ich kann das jetzt alles beschlagnahmen. Wegen illegaler Schnapsbrennerei."

Michael wartet auf das Oder. Lukas schaut ihn ängstlich an. Michael versucht, ihm beruhigend zuzunicken. Er ist sich sicher, dass der Mann ihn nicht verhaften will. Im Gegenteil.

„Oder ..." Da ist es endlich.

„Oder wir machen ein Geschäft. Du lieferst uns, dem Bundesheer. Aber brauchst nicht glauben, dass du Wucherpreise verlangen kannst wie die Großhändler. Dafür ... es kann nie schaden, mit dem Bundesheer zusammen-zuarbeiten. Nicht?"

61

Michael und Lukas sehen einander an. Lukas nickt, ganz leicht. Michael nickt zurück.

Es dauert nicht lange, und sie haben auf einem alten Rechnungsblock so etwas wie einen Vertrag aufgesetzt. Inwieweit der wirklich rechtskräftig oder bindend ist, kann Michael nicht sagen. Aber es klingt nicht so schlecht, wer hätte gedacht, dass er doch tatsächlich richtiges Geld damit machen würde. Fast so viel wie mit Qualitätsschnaps pro Liter. Und wesentlich mehr als für die Äpfel in den letzten Jahren.

„Du bekommst was Offizielles dann per Email. Mit der Bewilligung zum Dauerbrennen. Staatsinteresse steht über diesen Dingen, Gefahr im Verzug und so.”

Seine Männer verladen alles, was an Kanistern da ist, auf den Lastwagen.

Wenn ich Pech hab, dann sehe ich da nie auch nur einen Cent, denkt sich Michael.

„Wenn du was brauchst ...” Der Vizeleutnant, inzwischen wieder mit der Schutzmaske verhüllt, reicht Michael eine Visitenkarte.

Michael zögert. „Wie schaut es mit Diesel aus, viel hab ich nimmer im Tank und die Ernte steht vor der Tür.“

Der Vizeleutnant verspricht, sich darum zu kümmern.

„Wenn du sonst noch was brauchst, du weißt ja jetzt, wo du mich findest,”, sagt er zum Abschied. Händeschütteln gibt es natürlich nicht, eine leichte Verbeugung beiderseits muss genügen.

Sie stehen in der Mitte des Hofes und blicken dem LKW nach, der davon fährt. Sofie hustet erneut und Michael schickt Lukas mit ihr ins Haus.

Er geht zurück in den Brennraum, legt Holz im Kessel nach. Hoffentlich hat Andrea genug Kräuter für die Hydrolate. Er ist gespannt, was sie zu diesem Geschäft sagen wird. So ganz ist er sich nicht sicher, dass sie begeistert sein wird.

Er dreht das Radio auf.

„ … gibt es immer noch keine genauen Informationen zur Todesursache des vor drei Tagen verstorbenen Papstes. Nachdem er in den letzten Monaten unermüdlich Kranke besucht hatte, hat seine plötzliche Abwesenheit vor zwei Wochen schnell für Spekulationen gesorgt. Nun sind die Gerüchte zur traurigen Gewissheit geworden. Kirchenfachleute diskutieren angesichts der Reisebeschränkungen über den Ablauf der anstehenden Papstwahl, eine Rückkehr, auch interimistisch, des zurückgetretenen Papstes wird von Fachleuten aufgrund seines hohen Alters ausgeschlossen. In diesen schwierigen Zeiten scheint die katholische Kirche also bis auf Weiteres führungslos zu sein, der Erzbischof von Wien war zu keiner Stellungnahme bereit. Die Beerdigung wird Donnerstag um elf Uhr live aus Rom übertragen."

Und Andrea ist sich sicher, dass Gott sie vor dem Virus schützt …

LONDON

Noch zehn Minuten, dann wird er wieder live gehen, sie lieben es, wenn er seine Beiträge live macht. Nun, wozu ist man denn Profi, wenn man das nicht könnte? Er ist sehr zufrieden mit dem Text, den er sich für heute überlegt hat.

Er zupft an dem Kleidchen herum, das er für seine Judy genäht hat. Das Häubchen für die Handpuppe ist ihm gut gelungen, und auch das feine Gesicht mit den roten Bäckchen, das er aus Pappmaché geformt hat, gefällt ihm ausgesprochen gut. Wenn Punch mit seiner roten Zipfelmütze nur nicht gar so wie Vater Schlumpf aussehen würde, es ist wirklich zum aus der Haut fahren, dass die Leute diese optische Missgeburt so lieben, dass er es nicht mehr wechseln kann.

Noch einmal die Kamera kontrollieren, nicht, dass so wie neulich dann das Bild ausfällt, was wären Punch und Judy ohne Bild, wo er doch Stunden darauf verwendet, sein wöchentliches Programm zu erarbeiten.

Er geht noch rasch in die Küche, holt sich einen Krug mit Wasser. Wer weiß, vielleicht lässt er Judy heute tatsächlich so wütend werden, dass sie Punch begießt, das gefällt den Zusehern bestimmt. Außerdem braucht er auch etwas zum Trinken zwischendurch.

Sein neuer Arbeitsplatz – sein alter Esstisch, aber essen kann man schließlich auch in der Küche – ist vollgeräumt mit den ganzen kleinen Requisiten, die er gebastelt hat aus allen möglichen Dingen. Er genießt es, sich selbst nicht schminken zu müssen, niemand sieht ihn, niemand weiß, wer hinter Judy und Punch steckt, die wöchentlich ihre Meinung kundtun. Wie angenehm ist das, in diesen Zeiten ist es ohnehin furchtbar schwierig, attraktiv auszusehen. Sein Haar gehört geschnitten, die Spitzen sind schon völlig ausgewachsen, andererseits, bald ist dies vielleicht eine imposante Künstlermähne, die er dann per Skype seinen Freunden zeigen kann …

Noch sieben Minuten, er muss sich beeilen, man darf sein Publikum nicht warten lassen. Jetzt, wo alle Theater geschlossen sind, auch das Duchess, wo er so gerne aufgetreten wäre, aber dieser Virus, bösartiges kleines Ding, hat ihnen doch allen einen Strich durch die Rechnung gemacht. Andererseits – niemals wäre er auf die Idee gekommen, ein YouTuber zu werden, wenn er nicht so gelangweilt daheim gesessen wäre und das Internet nach interessanten Filmchen durchforstet hätte … wer hätte auch gedacht, dass ihn eine Szene in einem Schwulenporno darauf bringen würde, mit den guten alten Handpuppen Videos zu machen … er kichert.

Noch fünf Minuten. Hnng, hnng, ma-me-mi-mo-mu, ta-te-ti-to-tu … schön sprechen, schön die Lippen weich machen …

Er fragt sich, ob er in Schwierigkeiten kommt, wenn jemand herausfindet, wer er ist. Die Zensur ist streng. Nun, wenn sie ihn auf der schwarzen Liste hätten, würden sie ihn gewiss finden, egal, wie sehr er sich hinter seinen Handpuppen versteckt. Heutzutage ist das ja keinerlei Problem. Und er ist technisch nicht versiert genug, seine Spuren im Internet zu verwischen. Aber sie lassen ihn machen, nehmen keinen Anstoss daran. Der Staat hat wohl anderes zu tun, als einen kleinen Puppenspieler zu verfolgen, der die Menschen mit flachen Witzen unterhält.

Seine Fans lieben ihn, ach was, sie vergöttern ihn, er ist ein Star, der Star der Punch&Judy Videos … So viele Fans in so kurzer Zeit, 150 000 in nur vier Wochen, die Menschen lechzen danach, wie einst nach Monty Python, skurril muss es sein, das wusste er immer schon.

Er liebt ihre Kommentare, stundenlang kann er am Computer sitzen und sie immer und immer wieder lesen.

Niemals, solange er noch auf der Bühne stand, hat er so engen Kontakt zu seinem Publikum gehabt. Nicht einmal, wenn er als Clown auf privaten Geburtstagsfeiern auftrat, bei diesen furchtbaren kleinen Biestern. Wie ein kalter Schauder rieselt ihm die Erinnerung durch die Adern.

Er legt seine Zettel und das Tablet zurecht, hinter dem kleinen Paravent aus Pappkarton, der ihm als Bühne dient. Setzt sich auf den Stuhl am Esstisch in Position, rückt ein wenig näher, ein wenig nach links, damit er bequem die Puppen führen kann. Durchatmen.

Er stülpt sich Punch auf seine rechte Hand, fährt mit den Fingern in den samtigen Körper, fühlt die raue Naht, wo der dünne Stoff der Händchen ansetzt. Nachher wird er da darüber nähen, es scheuert auf Dauer an seinen Fingern. Er hat sehr sensible Finger, das hat Leo auch immer gesagt.

James seufzt. Ach, Leo … dummer kleiner Junge … wenn das alles erst wieder vorbei ist, dann wird er schon wieder jemanden finden, ganz bestimmt. Dann wird er auch vielleicht preisgeben, dass er Punch&Judy ist. Dann wird er auch seinen Ruhm zu Geld machen können.

Gerade, als er die Puppe der Judy auf seine Linke stülpen will, vibriert sein Handy. Natürlich, das musste ja mal passieren … das ruiniert ihm noch die ganze Show. Oh mein Gott, wenn er nur ein zweites Handy hätte. Er würde seinen seidenen Bademantel für ein zweites Handy geben, um nicht diesen Nervenstress bei den Live-Sendungen zu erleben.

Rasch legt er Punch wieder auf den Tisch, hastet zum Stativ, auf dem das Handy montiert ist, stolpert beinahe über das Kabel, an dem der kleine Scheinwerfer angesteckt ist.

Heiliger Kirschkuchen, das fehlt noch, dass er stürzt und sich verletzt!

Er reißt das Handy vom Stativ, drückt auf den Knopf, ohne auf die Nummer zu achten.

„Was brauchst du immer so lange, um ranzugehen? Da bin ich ja mit dem Rollator schneller!"

„Mutter", presst er zwischen den Zähnen hervor, „Ich kann jetzt nicht."

„Papperlapapp! Ich kann jetzt nicht, was soll denn der Blödsinn? Hockst ja auch nur zu Hause, wie wir alle, oder willst du mir weismachen, dass du ein Vorsprechen am RSC hast?"

„Nein, Mutter, aber ich … mein Badewasser … das Essen am Herd."

Er schwitzt.

„Na, dann dreh es halt ab, ich warte solange. Ist ja noch das einzige Vergnügen, was man hat, heutzutage. Das Telefon und das Fernsehen. Furchtbares Programm aber, nicht zum Ansehen, diese ganzen alten Filme waren schon langweilig, als sie sie vor zwanzig Jahren zeigten …"

„Mutter, wirklich, ich kann jetzt nicht ..."

Ihre Stimme schnarrt. „Oder hast du Besuch? Bist du so verzweifelt, dass du wen in die Wohnung lässt? Schwul ist ja schlimm genug, das wäre in meiner Jugend ein Todesurteil gewesen, hast du ein Glück, so eine liberale Mutter zu haben wie mich, aber in der heutigen Zeit, man weiß ja nicht, am Schluss heißt es, die Schwulen, so wie bei AIDS … aber schwul und dumm, das ist schon bitter."

„Nein, Mutter! Ich bin alleine. Aber ich habe trotzdem keine Zeit! Ich … ich will unbedingt diese Punch&Judy Show live sehen."

„Ach, die, von der du mir vor ein paar Wochen den Link geschickt hast? Ja, die ist lustig … nicht so gut, wie die Punch&Judy Shows früher, aber was soll man heute auch schon erwarten … Dann werd ich die doch auch ansehen, wenn der eigene Sohn lieber sowas anschaut, als mit der Mutter reden ..."

James legt hastig auf, ehe sie weiterspricht. Er betet, dass sie nicht wieder anruft in der nächsten halben Stunde. Noch dreißig Sekunden. Rasch das Handy wieder in die Halterung gesteckt, auf den Platz hinter dem Paravent geschlüpft, Punch angezogen und mit schweißnassen Fingern auf die Fernbedienung gedrückt.

Abspielen der Signation, die er liebevoll am Computer erstellt hat. Punch in Position bringen, und … los! Vorhang auf, die Show beginnt!

„Hehehe", lacht er mit der knatschigen Stimme von Punch, dessen Puppe noch hinter dem Paravent verborgen ist. Eine leere Bühne, das ist es, was sein Publikum nun sieht, was er selbst auf dem Tablet sieht. James liebt leere Bühnen.

„Hehehe!", macht Punch erneut, dann klappert James mit einer Dose, poltert ein wenig hinter dem Paravent.

„Aua! Wer hat hier eine Stiege hergestellt?", sagt Punch und erhebt sich langsam über die Kante des Paravents, schwingt seine langen Beine darüber und setzt sich. Mit der Hand am Kopf kratzen, Aua wiederholen, und dann noch einmal den typischen Lacher aller Mr. Punchs, so sehr lachen, dass Punch von der Bühne nach hinten kippt, wie oft hat James diesen Beginn als Kind gesehen, in Bath, in Dover, wo auch immer, wie vertraut ist er all seinen Zusehern, ob jung oder alt.

„Hehehe", macht Punch erneut, als er wieder Platz nimmt. „So macht man das! Einen wunderschönen guten Abend, meine lieben gelangweilten eingesperrten Zuseher. Wie ich es liebe, dass ihr nichts Besseres zu tun habt, als mir zuzusehen!"

Er hebt die Puppe ein wenig in die Höhe, als spränge sie in die Luft. „Yippieyeho, heute noch dazu live! Hehehehe!"

Auf dem kleinen Tablet vor sich sieht er unter dem Livevideo die ersten Kommentare. Als säßen die Leute tatsächlich vor einer klapprigen Bühne an einem Strandbad, tippen sie „Hallo Punch!" „Punch, du bist der Beste!" „Punch, wo ist Judy?".

„Wisst ihr was, Leute? Heute ist ein ganz besonderer Tag. Wisst ihr, was heute ist?"

Erneut Kommentare mit Vorschlägen. Der 5000ste Tote in England. Der König hebt die Ausgangssperre auf. Judy ist schwanger.

Er liebt diese Kommentare, sie geben ihm Material für die nächsten Shows.

„Ach, ihr seid ja so dumm wie ihr ausseht!", kichert Punch. „Heute ist der Tag, wo Judy endlich wieder in ihren Badeanzug passt! Lang lebe die staatlich verordnete Zwangsdiät, ich muss nicht mehr um mein Leben fürchten, wenn ich mit ihr ins Bett gehe!"

„Das habe ich gehört!", ertönt Judys Stimme hinter dem Paravent. Er lässt sie auf die Bühne stürmen, bewaffnet mit einem Besen, den sie Punch auf den Kopf schlägt.

„Aua! Das tut weh!", schreit Punch.

„Wie kann etwas weh tun, wo nichts drin ist?"

Die Kommentare schweigen, kein übliches Hihihi oder Emoji. Rasch das Ruder herumreißen.

Er wendet Judy nach vorne.

„Punch meint immer, er ist lustig. Dabei ist uns doch das Lachen schon längst vergangen. Also, mir zumindest ist es schon vergangen, als ich ihn in der Hochzeitsnacht nackt sah."

„Papperlapapp, schlapp gelacht hast du dich da!"

„Schlapp war was anderes!"

Er lässt Punch aufbrausen. „Wie gemein! Ich krieg gleich einen Herzinfarkt!"

„Nicht ärgern, Punchy, lachen! Ihr wisst es doch alle, wiederholt es mit mir!", ruft Judy.

James sieht, wie die Kommentare sich füllen, jener Satz, der das Motto seiner Show ist.

„Lachen ist die beste Medizin und Lachen ist ansteckend!"

Dann lässt er Punch sich in einem Lachanfall über die Bühne rollen. Lachen, das kann James. Stundenlanges Training in der Schauspielschule. Neckisches Lachen. Hinterhältiges Lachen, kindisches Lachen, prustendes Lachen, verhaltenes Lachen … es ist verrückt, das ist einer der Teile seiner Show, den die Leute am meisten lieben. Eine zusammengestoppelte Handpuppe, die sich minutenlang lachend über den Bildschirm kringelt. James wünscht, er könnte sehen, ob seine Zuseher mitlachen. Es muss so sein. Sie schreiben es ja immer wieder. Er selbst fühlt sich danach auch immer großartig.

Er nimmt hastig einen Schluck Wasser, nachdem er Punch erschöpft gackernd hinter die Bühne kippen ließ.

„Punch?", kreischt nun Judy ihrem Mann hinterher. „Hast du schon das Neueste gehört?"

Punch taucht wieder auf.

„Nein, liebe Judy, aber du wirst es mir sicher gleich sagen."

„Soll ich? Nein, ich sag es doch nicht."

„Sag es."

„Nein."

„Ja."

„Nein."

„Ja!"

„Nein!"

„Ja!"

„Nur wenn du mir einen Kuss gibst."

„Bist du verrückt? Ich geb dir keinen Kuss!"

„Ich bin ja nicht ansteckend."

„Aber du bist meine Frau, wie sieht das aus, wenn ich vor Publikum meine Frau küsse."

„Dann wart einen Moment." Er lässt Judy abtauchen, stülpt sie verkehrtherum in den bereitliegenden Hut, den er aus Filz gebastelt hat. Eine dritte Hand zu besitzen wäre äußerst praktisch. Er lässt sie wieder neben Punch erscheinen.

„Küss mich jetzt, ich bin Pamilla!"

Punch schüttelt sich. „Nein Danke, wenn du wenigstens Kitty wärst!"

„Pff", macht Judy, „die ist doch viel zu jung für dich."

„Apropos jung", sagt Punch. „Hast du schon die jüngsten Auflagen gehört?"

„Nein, aber du wirst es mir sicher gleich erzählen!"

„Jeder, der aus irgendeinem Grund sein Haus verlässt, muss nun seine Sozialversicherungsnummer vorne und hinten auf seinem Gewand tragen."

„Wieso denn das? Damit sie wissen, ob du im Spital Erste Klasse oder Keller liegst?"

„Nein, damit sie nachvollziehen können, wo du dich durch die Stadt bewegt hast, falls du erkrankst, und alle verständigen können, denen du begegnet bist."

„Ach, endlich sind all die Videokameras zu etwas gut! Aber Punch, das ist furchtbar."

„Was?"

„Meine Sozialversicherungsnummer ist so unfotogen, lauter Fünfer."

„Da musst du dir keine Sorgen machen, du bist so hässlich, dass sowieso alle schreiend das Weite suchen, wenn du das Haus verlässt."

Judy schlägt ihn mit dem Besen.

„Aua."

„Jetzt erzähl ich dir erst recht nicht das Neueste."

„Oh Judy, bitte. Ich küsse dich auch."

Punch beugt sich zu Judy, sie verschlingen sich in eine stürmische, stöhnende Umarmung, James muss sich zurückhalten, dieses Stöhnen und Schmatzen macht dem Teil zwischen seinen Beinen sehr deutlich klar, wie lange er schon mit niemandem … Die Pornokanäle müssen Geld wie Heu scheffeln zur Zeit …

„Oh Punch, nun gut, dann erzähle ich es dir. Die alte Queen hilft London Geld zu sparen."

„Die alte Queen? Die ist doch tot."

„Ja, aber sie ist so daran gewöhnt, ihren Untertanen vorzustehen, dass sie nicht und nicht verrotten will. Jetzt können sie sie direkt im Wachsfigurenkabinett ausstellen. Winke Winke."

Daumen runter in den Kommentaren. Die verstorbene Queen ist seinen Zuschauern heilig.

„Judy, der war schlecht."

„Ja, Punch, das war er. Das liegt wohl daran, dass ihn mir ein Chinese erzählt hat."

„Long live the Queen!", ruft James als Punch, unsicher, wie seine Fans auf den Witz mit dem Chinesen reagieren.

„Ling love the King!", ruft Judy. Es ist ein Versprecher, aber sofort erscheinen Smileys in den Kommentaren.

„Wie gefällt dir denn unser König?", fragt Punch.

„Oh, der ist schnuckelig. Von seinem zarten Händchen lasse ich gerne das Land führen! Man sieht doch gleich, dass als Monarchie ohne Parlament alles gleich viel schneller geht."

„Bei mir geht es auch gleich schnell", sagt Punch und furzt laut.

Nun noch den zweiten Lachanfall, diesmal Judy. Kichernd, gackernd, in den höchsten Tönen, nach Luft japsend, die Oktave rauf und runter.

Klatschende Hände in den Kommentaren.

Die üblichen Schluss-Sätze, als Abschluss den Jingle einspielen, Kamera aus.

Er ist zufrieden. Sanft legt James die beiden Puppen in ihr Bettchen, eine alte Schuhschachtel, die er ausgepolstert hat. Sie haben sich ihr intimes Vergnügen verdient.

Er räumt den Paravent zur Seite, trinkt ein Glas Wasser.

Der Bildschirm seines Tablets füllt sich mit Kommentaren, schneller, als er lesen kann.

Er fühlt sich gut.

Lachen ist die beste Medizin.

NEW YORK STATE / PENNSYLVANIA

Kühl ist es im Wald, herrlich kühl. Hank liegt vor seiner Hütte im Moos und starrt in die Wipfel der Bäume hinauf. Er könnte diesen Virus umarmen. Das ist wie Urlaub. Besser fast, irgendwie.

Als sie die Grenzen dicht machten und klar wurde, dass die Kacke am Dampfen ist, da wusste er, dass er alles richtig gemacht hat. Seine Schnapsidee, na, was sagt sie nun, das hat sie nun davon, dass sie ihn verlassen hat, wegen der Schnapsidee. Er liegt hier gemütlich im Wald, fern von jedem Virus und mit einer vollen Vorratskammer.

Er hört Schritte, leise aber schnell, über den Waldboden huschend. Hank setzt sich auf. Braungebrannt ist er, der Bub, der auf ihn zuläuft. Doug hat in den Wochen hier mehr gelernt, als in der Stadt das ganze Jahr über, das ist sich Hank sicher. Wer braucht schon all das Zeug, das sie den Kindern in der Schule in den Kopf quetschen? Chemische Formeln aufsagen können, aber nicht wissen, wie man ein Feuer macht, mein Scheiß.

Doug hält seinem Vater stolz eine Forelle entgegen. Das Abendessen ist gesichert.

„Gut gemacht, Dougbug."

Es ist ein Geschenk Gottes, da ist sich Hank sicher. Selbst der Virus. Denn wie sonst käme er dazu, wochenlang mit seinem Sohn Zeit zu verbringen, ihm all das beizubringen, was wichtig ist? Die letzten zwei Jahre kann er nun nachholen, die der Junge bei Sarah in der Stadt war. Er ist stolz auf Doug. Ganz alleine hat Sarah den Siebenjährigen in den Greyhound gesetzt, als sie einsah, dass Doug bei Hank nun besser aufgehoben ist. Hank hätte auch sie zurückgenommen. Nicht besonders gerne, je weniger Esser, umso länger halten die Vorräte. Aber sie ist Dougs Mutter. Und immer noch seine Frau. Aber sie kam nicht, zu stolz, nimmt er an. Würde nie zugeben, dass es gut ist, dass er sich vorbereitet hat. Auf welche Katastrophe auch immer.

„Dad?" Doug betrachtet den glänzenden Fisch. „Darf ich ihn ganz alleine ausnehmen und grillen?"

Hank fährt seinem Sohn durch die struppigen Haare. Ein Kamm ist so ziemlich das Einzige, das er vergessen hat bei seinen Vorbereitungen. Sie werden wie ein zotteliger Bigfoot aussehen, wenn sie zurückkehren.

„Natürlich darfst du."

Wenn es nach ihm geht, würde er gar nicht zurückkehren. Die Fabrik kann ihm gestohlen bleiben, wer weiß, ob sie je wieder aufsperrt. Ohne Material aus China steht alles still. Das haben sie jetzt davon, die großkotzigen Aktionäre. Jetzt können sie schauen, wie sie weiterkommen. Er weiß, dass er es mit seinen Händen immer schaffen wird, Essen auf den Tisch zu bringen. Selbst gejagt, gefischt oder mit ehrlicher Arbeit verdient. Die da oben, die können nun ihre Aktien fressen. Und er speist eine herrliche Forelle. Wer ist der Loser?

„Meinst du, Mama hat auch so ein gutes Essen wie wir?" Doug arbeitet konzentriert mit dem Messer, geschickt schlitzt er den Fisch auf.

Deswegen werden sie zurückkehren, eines Tages. Damit Doug seine Mutter wiedersieht. Für seinen Sohn ist das hier ein Abenteuer, ein Urlaub. Aber Hank lässt sich nicht täuschen, Sarah fehlt dem Jungen.

„Ach, deine Mutter weiß sich immer zu helfen. Ich bin sicher, sie sitzt gerade mit einem reichen Mann an einem wohlgedeckten Tisch."

Er klingt nicht so leichtherzig, wie er gerne würde.

Sie presst ihr Handy ans Ohr. So gerne würde sie Dougs Stimme hören. Sogar Hanks. Aber nein, sie ruft nicht an. Tut nur so, empfindet den Trost des kaputten Geräts an ihrem Ohr. Noch nicht. Sie hat gesündigt und sie weiß es, und nun muss sie büßen. Hauptsache, Doug ist gut versorgt, und das ist er, ganz sicher.

Die Hitze in der Stadt ist unerträglich. Der schwere Bauch macht jeden Schritt noch anstrengender. Seit Tagen schleicht sie in diesem Viertel herum, früher war hier ein Markt, aber nun findet sich nichts mehr zu essen, nicht einmal in den Mülltonnen.

Sie weiß echt nicht, was sie tun soll. Seit in der Früh verspürt sie leichte Wehen. Leicht und noch sehr unregelmäßig. Welcher Idiot bekommt während einer Epidemie ein Kind? Sie hat fast gehofft, es zu verlieren. Anfangs, als sie die erste Welle des Virus erwischte. Aber das kleine Balg war stark. Und jetzt, in der zweiten Welle … sie sollte wohl in ein Spital gehen. Sie hat Angst. Sie weiß, das Kind kommt. Heute noch.

„Doug? Wollen wir eine Runde spielen?"

Sie liegen wohl gesättigt von der Forelle und einer Dose Bohnen auf dem Bett in der Hütte. Durch das offene Fenster weht eine leichte Brise, Hank greift nach den Spielkarten am Nachttisch. Doug neben ihm schläft, müde von einem Vormittag am Fluss in der Sonne. Bestimmt träumt er vom nächsten fetten Fisch, den er angeln will.

Sie will nicht ins Spital. Die Spitäler sind voller Kranker, Sterbender. Man wird sie irgendwo in einen Raum stopfen, mit einem Haufen anderer Frauen. Es gibt keine Ärzte mehr, keine Schwestern, heißt es. Nicht für solche Fälle. Die Spitäler behandeln die, die es sich leisten können. Solche wie sie, eine Obdachlose, die lässt man einfach liegen. Es ist ja egal, was aus ihr wird. Eine Tote mehr oder weniger kümmert niemanden mehr.

Das Ziehen im Bauch wird stärker. Verdammte Scheiße. Sie hat ganz vergessen, wie weh das tut. Bei Doug, da war sie ausgeruht. Da hat sie zu essen gehabt. Und einen Kreuzstich gegen die Schmerzen, ein Klacks ist das fast gewesen, sie kann sich nicht erinnern, dass es so weh tat. Vergisst man Schmerzen wirklich?

Sie stolpert mit ihrem Einkaufswagen durch die Straßen, bemüht, im Schatten zu bleiben. Sie begegnet nur wenigen Leuten, obwohl die Ausgangssperren weitgehend aufgehoben sind. Man kann Menschen ja nicht ewig einsperren. Außerdem sind trotzdem alle krank geworden.

Irgendwann erwischt es jeden.

Vor ihr erhebt sich eine alte Kirche, eingequetscht zwischen heruntergekommenen Wohnbauten. Wie eine einladende Hand streckt sich der Treppenaufgang ihr entgegen.

Dort drinnen ist es sicher kühl. Ein wenig ausrasten. Hinsetzen. Kurz überlegt sie noch, was sie mit ihren erbärmlichen Habseligkeiten tun soll, wenn sie den Einkaufswagen hier stehen lässt, wird alles noch Brauchbare sofort gestohlen werden. Das Ziehen in ihrem Bauch nimmt ihr die Entscheidung ab. Scheiß auf das bisschen Besitz.

Die Wehe, die sie beim Eintreten erfasst, lässt sie nach Luft schnappen. Kalt greift die Angst nach ihr. Sie ist alleine. Sie bekommt ein Kind.

Sie versucht, sich an all das zu erinnern, was sie ihr damals bei Doug erzählt haben. Atmen. Tief und langsam atmen.

Die Kirche ist voller Menschen wie sie, Obdachlose, Heimatlose, Arme, Kranke, der Abschaum der Gesellschaft. Niemand beachtet sie.

Sie stolpert auf die Holzbänke voll mit Menschen zu, krallt sich in die Lehne, als die nächste Wehe über sie hinwegrollt.

Du bist in einer Kirche, du darfst nicht schreien.

Ein Stöhnen entweicht ihrem Mund.

Eng presst sich ihre Brust zusammen, enger noch als der Ring aus Schmerz, der ihren Bauch umfasst.

Sie hat solche Angst.

„Jesus Christus, nimm dich meiner an, hilf mir!", flüstert sie zwischen bleichen Lippen.

Sie hantelt sich von Bankreihe zu Bankreihe nach vorne, die Menschen wenden ihr den Rücken zu, machen sich breit, tun so, als sei sie nicht hier. Keiner will ein wenig Platz machen, jeder hält an dem Stück Bank fest, das er sich als Sitzplatz erkämpft hat. Schwer aufgestützt auf die hölzernen Lehnen, wird sie magisch angezogen von dem Kruzifix, das über dem Altar hängt.

Eine erneute Wehe lässt sie aufstöhnen.

Das Geräusch eines schweren Vorhangs, den jemand beiseite schiebt. Schritte auf den Steinfliesen des Kirchenbodens nähern sich.

Aus dem Augenwinkel sieht Sarah jemanden aus dem Beichtstuhl auf sie zutreten. Eine kühle Hand legt sich auf ihre Schulter, eine warme, fast jugendliche Stimme dringt an ihr Ohr.

„Geht es Ihnen gut?"

„Nein!", möchte sie brüllen. Was für eine saudumme Frage! Sie schaut in das Gesicht eines jungen dunkelhäutigen Mannes. Er trägt ein helles Hemd, den Kragen eines Priesters.

Sarah krallt sich an seiner Schulter fest. „Helfen Sie mir!"

Hinter ihm sieht sie nun eine ältere Frau, trotz der Hitze ist sie in eine Strickjacke gehüllt, ihre dunkle Haut ist faltig wie der Rock, den sie trägt.

Die nächste Wehe krampft Sarahs Leib zusammen, nimmt ihr den Atem. Verdammte Scheiße, sie wird sterben, ganz sicher, wie soll sie nur …

Verschwommen nimmt sie wahr, wie die Alte den Priester beiseite schiebt, ihm etwas sagt, das Sarah in ihrem Schmerz nicht versteht. Kräftige, an Arbeit gewöhnte Hände packen sie, stützen sie. Sie hört rhythmischen Atem an ihrem Ohr, folgt ihm. Die Wehe ebbt ab.

„Hierher, mein Kind."

Die Alte führt sie in die Sakristei, hilft ihr, sich auf einen durchgewetzten Diwan zu setzen. Nein, sie kann nicht sitzen, der Druck auf ihr Becken ist unerträglich.

„Nur die Ruhe, Kindchen, es wird alles gut."

Die starken Hände streichen über ihren Rücken. Der Priester kommt zu ihnen, ist er weg gewesen? Er trägt eine Schüssel mit Wasser in Händen, Handtücher.

Sie hört ihn leise Gebete murmeln. Er wirkt nervös. Das hat er sich wohl auch nicht gedacht, als er Priester wurde.

„Kindchen, du musst dich ausziehen", sagt die Alte. Der Priester wendet sich ab.

Mühsam, mit Hilfe der Alten und von einer Wehe unterbrochen, schält Sarah sich aus der dreckigen Jeans, die sie seit Monaten offen tragen muss, weil der Bauch zu groß ist.

Ihre Unterhose ist klatschnass. Sie hat es nicht einmal bemerkt, als ihre Fruchtwasser brach. Sie geniert sich vor dem jungen Priester.

Die nächste Wehe nimmt ihr den Atem, sie sinkt an der Alten hängend in die Knie. Das ist also die Strafe Gottes dafür, dass sie ihren Mann verlassen und betrogen hat. Sie hat das heilige Sakrament der Ehe gebrochen, sie hat gesündigt.

Da kann der Priester noch so viel beten. Gott hat einen schrägen Humor, verdammte Scheiße. Die Sünderin gebiert in der Kirche.

Die Alte breitet die Handtücher unter ihr aus, Sarah kniet, an den Diwan gestützt, wie im Gebet versunken. Dieses Kind wird sie zerreißen. Verbluten wird sie. Dem Priester seine Sakristei besudeln und ihn mit einer toten Mutter zurücklassen. Dieses Kind ist einfach zu groß, sie kann nicht mehr, sie will nicht mehr, egal wie viel die Alte neben ihr mit ihr atmet und die Hand hält, es zerreißt sie, heißer, vernichtender Schmerz, Gott straft sie, oh wie straft er sie, keine Gnade eines Kreuzstichs, nur das Kreuz vor ihren Augen, an der kahlen Kirchenwand.

„Press, Kindchen, press. Lass es raus."

Die Hand der Alten nun zwischen ihren gespreizten Beinen, immer noch auf den Knien, ihre eigenen Finger tasten nun auch dorthin, sie fühlt das Köpfchen, ein warmes, flauschiges Köpfchen. Eine unerwartete Welle der Liebe durchströmt sie in ihrem Schmerz und ihrer Angst. Das ist ihr Kind, das in die Welt hinaus will. Mit der nächsten Welle presst sie mit aller Kraft, die ihr noch verbleibt, schreit den Schmerz dem Kruzifix entgegen, dass es durch die ganze Kirche hallt.

Preiset den Herrn klingt anders.

Und dann ist der Schmerz mit einem Schlag vorbei. Sie sinkt nieder, keuchend. Zittert. Die Alte hält ihr Kind, legt es ihr vorsichtig in die Arme, an das dreckige T-Shirt, das sie trägt.

Sarah rinnen Tränen die Wangen hinab. Sie lebt. Und in ihren Armen liegt ein Wunder. Ein kleines, schrumpeliges Mädchen, den Mund zu einem quäkenden Schrei geöffnet. Es erscheint ihr wie das Halleluja der Engel.

Der Priester kniet neben ihr nieder, macht ein Kreuzzeichen über dem Kind.

„Gesegnet seist du, geboren in dunklen Zeiten, ein Lichtblick unseres Herrn."

Seine Stimme zittert.

Die Alte legt ein Handtuch um das Kind, hüllt es ein. Sarah sieht Tränen in ihren Augen.

„Gut gemacht, Kindchen", sagt die Alte.

„Gut gemacht, Doug", sagt Hank und betrachtet den Hasen, den sein Sohn geschossen hat.

Sie taufen das kleine Mädchen noch am selben Tag, sobald Sarah sich soweit erholt hat, dass sie von dem Diwan in der Sakristei aufstehen kann. Die ganze Gemeinschaft der Obdachlosen ist schweigender Zeuge.

„Grace."

Gnade. Der einzig passende Name für dieses Kind.

Sie ist unendlich glücklich. Gott hat sie geführt, Gott hat ihr diese wunderbaren Menschen zur Seite gestellt. Gott hat ihr verziehen.

Alles wird gut.

LOS ANGELES

Der ferne Feuerschein taucht die Fahrerkabine des Rettungswagen in ein flackerndes Orange. Catalina hat es nach Möglichkeit gemieden, die letzten Tage an Chinatown vorbeizufahren, doch der heutige Einsatz ließ ihr keine Wahl. Seit Tagen wüten die Brände. Sie fragt sich, ob die alte Chinesin, von der sie so gerne Baozi kaufte, noch am Leben ist. Sowohl die Pogrome als auch der Feuersturm haben eine hohe Opferrate gefordert. Dazu noch der Virus … Und der Präsident hat auch nicht gerade dazu beigetragen, die Situation zu verbessern, als er sagte, dass jeder, der persönlichen Kontakt zu Chinesen unterhält, sich mitschuldig macht an der Verbreitung der Seuche. Viele sind sicher geflüchtet, aber Catalina fragt sich, wo sie wohl untergekommen sind. Gibt es Menschen in den umliegenden Vierteln, die einem Chinesen Obdach gewähren?

Ihr Kollege Joe lehnt schlafend an der Beifahrerscheibe, ebenso erschöpft wie sie. Catalina zückt ihr Handy und macht ein Foto. Sein Profil, bartstoppelig, die Atemmaske auf die Stirn geschoben, die Erschöpfung ins Gesicht geschrieben, dahinter der Rauch und das flackernde Feuer … Inbegriff ihrer Gefühle. Sie kann es nicht posten, das weiß sie. Es würde sofort wieder gelöscht werden. Wenigstens etwas funktioniert noch in diesem Land, denkt sie zynisch.

Sie denkt an den Touristen, den sie vor einigen Monaten hier kennengelernt hat. Bernd. Sie sind ein paar Mal ausgegangen, nichts ist passiert und dann ist er nach Ohio weitergeflogen. Sie fragt sich, ob er wohl noch rechtzeitig wieder heimgekommen ist. Anfangs gingen die Flüge ja noch normal, doch dann wurden die Flughäfen so gut wie dicht gemacht, nur noch Gütermaschinen durften landen, denn die Wirtschaft, die muss weiterlaufen … Und aus dem Land hinaus kam dann bald auch niemand mehr. Also, eigentlich war es keine Sperre, abfliegen konnten die Flugzeuge. Es gab nur kaum ein Land, das Passagiermaschinen landen ließ. Außer, die Leute begaben sich schon vor Abflug in eine dreiwöchige Quarantäne. Die jedesmal verlängert wurde, wenn ein neuer Krankheitsfall auftrat. Irgendwann gaben die Leute dann auf. Catalina lacht auf. Wie gut, dass so etwas für sie sowieso nie Thema gewesen ist. Sie hat in ihrem Leben noch nicht einmal Kalifornien verlassen.

Aber Bernd … vielleicht sucht sie ihn später noch auf einer der sozialen Plattformen. Irgendwie wäre das schon nett, wieder Kontakt zu haben. Vielleicht hat er ja was Aufheiterndes zu erzählen.

Sie muss unvermittelt auf die Bremse springen. Ein LKW schneidet von rechts in ihre Spur. Joe neben ihr schreckt hoch, starrt mit rotunterlaufenen Augen nach draußen, als müsse er erst realisieren, wo er sich befindet.

„Idiot!", schimpft Catalina.

Die kurze Phase, in der es in L.A. Ausgangssperren gab, ist als Fahrer ein Segen gewesen. Aber es war nicht kontrollierbar, die Geschäftsplünderungen und Aufstände haben die Stadt härter getroffen als der ganze Virus. In manche Vierteln fahren sie nicht mehr hinein, egal, wie viele Notrufe von dort kommen. Zu gefährlich, Befehl von oben. Über die Zustände dort hat sie die unglaublichsten Gerüchte gehört.

Joe reibt sich die Augen.

„Scheiße, bin ich eingeschlafen?"

„Ja."

„Wohin fahren wir?"

„Zum Stützpunkt zurück. Wenn's wahr ist, haben wir Dienstschluss."

Joe grunzt. Das Wort Dienstschluss scheint in den letzten Tagen zu einem Märchen geworden zu sein. Zu viele Sanitäter sind krank, zu viele Bürger warten auf Hilfe.

Sie haben sich aufgeteilt. Es ist zu zeitintensiv, die Ambulanzen jedesmal gründlich zu desinfizieren, sie müssen ihre Zeit und Desinfektionsmittel rationieren. Deshalb fahren die einen nur Unfälle. Virus-unabhängige Fälle, zumindest in der Theorie. Die armen Schweine unter den Kollegen, die Virusfuhren fahren, tun ihr leid. Inzwischen kann man auch nicht mehr immer darauf Rücksicht nehmen, dass dort nur jene eingesetzt werden, die den Virus schon hatten.

Während der ersten Welle haben sie noch versucht, alle in Spitäler zu führen. In der Theorie, die weltfremden Vorschriften aus Washington konnten in der Praxis schon bald nicht mehr eingehalten werden. Inzwischen kommen in Spitäler nur noch Menschen hin, die augenscheinlich virenfrei sind, also kein Fieber und kein Husten. Herzinfarkte, Schlaganfälle, Unfälle. Missglückte Selbstmörder, die häufen sich auch. Alle anderen, die werden in die „Notspitäler" gebracht. In Schulen, Stadien, Veranstaltungshallen, mit Spitälern hat das nichts zu tun. Medikamente und Intensivbetten für die Viralen gibt es schon seit einer Weile nicht mehr. Wer durchkommt, kommt durch, wer den Virus nur schwach hat, muss denen helfen, die mit ihm darnieder liegen. Sie will gar nicht wissen, wie es in diesen Notquartieren zugeht. Ihren Onkel Ricardo haben sie abgeholt, noch ist er nicht zurück. Ihre Mutter haben sie dann in einem Zimmer im Haus eingesperrt, sie hat den Virus auch nicht so schlimm erwischt, Gott sei Dank hat Catalina Zugriff auf Sauerstoff und Medikamente. Sie selbst hat ihn zu ihrer eigenen Verwunderung noch gar nicht gehabt. Oder sie hatte ihn so leicht, dass sie es nicht mitbekommen hat, denn getestet wurden sie nur in den ersten Wochen regelmäßig. Inzwischen gibt es keine Testkits mehr, man hat die Sinnlosigkeit erkannt und die Ressourcen woanders benötigt.

Auf dem Gehsteig sieht sie eine Gruppe Polizisten, die einen Mann zu Boden ringen. Ein Spucker oder Beißer, denkt Catalina sofort, als sie merkt, wie die Polizisten sich bemühen, seinen Kopf nach unten zu drücken. Das ist der neueste Trend unter den Verrückten. Sie hat es nun schon öfter gesehen, Menschen, die durch die Gegend gehen und Dinge anspucken. Türklinken abschlecken, Liftknöpfe, Lebensmittel, Bargeld.

Sie wirft einen Blick zu Joe, der schüttelt den Kopf. Nein, man hat sie nicht angefordert, sie werden nicht stehen bleiben. Die schaffen das schon, und wenn sie den Spucker verletzen, wen juckt es.

„Ich hoffe, sie knallen uns nicht noch einen Notruf rein, jetzt, am Weg", brummt Joe.

Sie mag Joe. Wenn sie früher miteinander gefahren sind, haben sie meistens gesungen, witzige Texte erfunden zu bekannten Liedern. Eines Tages wollten sie eine Band gründen. Inzwischen grunzen sie einander nur noch an. Aber sie kann sich auf ihn verlassen.

Gerade, als sie die letzte Abzweigung nehmen, schnarrt das Funkgerät. Joe stöhnt. Er hat es verschrien.

Catalina dreht die Sirene auf, wechselt in die linke Spur und gibt Gas. Ihr Magen flattert.

Die Adresse ist ihre eigene.

Sie rast durch die Nacht. Joe sieht sie von der Seite an, sagt aber nichts.

Sie ist fast erleichtert, als sie in ihre Straße einbiegt. Vor ihrem Haus stehen zwei Autos quer, fremde Autos, in einander verkeilt. Die Straßenlaterne flackert, taucht den Unfall in ein blinkendes Licht. Ihre Schwester Jamila kniet neben einem Mann, der bewusstlos am Boden liegt, presst mit den Händen rhythmisch gegen seinen Brustkorb.

Catalina stellt den Rettungswagen quer, um die Straße zu blockieren, sie und Joe springen aus dem Wagen, ziehen ihre Atemschutzmasken über das Gesicht.

Sie kniet sich neben ihre Schwester, unendlich erleichtert,

dass der Mann ein Fremder ist und gleichzeitig stolz auf ihre Schwester, und auch besorgt.

„Ich übernehme."

Sie fährt mit der Herzmassage fort, während Joe den Defibrillator holt. Routiniert fragt sie nach weiteren Verletzten, holt die nötigen Informationen ein. Nach dem Unfall ausgestiegen und dann zusammengebrochen. Kein Puls. Dieser eine Mann braucht jetzt Hilfe, der andere Fahrer blutet am Kopf, muss warten.

Während Joe das Hemd des Mannes aufreißt, schaut Catalina zu Jamila auf, die mit weit aufgerissenen Augen daneben steht.

Hinten vor dem Haus sieht sie Mutter und die kleinen Geschwister, alle im Pyjama, aus dem Schlaf geschreckt.

„Ich habe den Notruf abgesetzt, und dann hab ich die Wiederbelebung gemacht, so wie du es mir mal gezeigt hast."

Catalina fühlt ihr Herz zusammenkrampfen. Jamila ist ein folgsames Mädchen, trotz der pubertären Trotzanfälle einer Sechzehnjährigen.

„So, wie ich es dir gezeigt habe?", keucht Catalina, auf den Brustkorb des Mannes einpumpend, ungeduldig, dass Joe den Defi endlich bereit hat.

Jamila wirkt direkt verlegen. „Nicht ganz. Mund zu Mund hab ich nicht gemacht ..."

Catalina setzt sich erleichtert auf ihre Fersen zurück und überlässt den Mann Joe.

„Gutes Mädchen!"

Der erste Stromstoss genügt, sie haben wieder Puls.

Sie laden den Verletzten in den Krankenwagen, den Fahrer des zweiten Autos gleich dazu, er hat eine große Platzwunde, die Joe routiniert verbindet.

„Catalina!" Ein schüchternes Winken ihres kleinen Bruders.

„Keine Zeit! Bis später! Geht ins Haus hinein!"

Sie rast zum Spital, mit Blaulicht und Martinshorn. Sie hat kein gutes Gefühl dabei. Gar kein gutes. Ihr Gefühl verschlechtert sich zusehends. Eigenartige Geräusche dringen von hinten zu ihr nach vorne.

Sie hört Joe ihren Namen rufen.

Catalina bremst sich am Rand des Highways ein. Sie springt aus dem Wagen, erschrickt, als ein Auto knapp an ihr vorbeibraust.

Sie traut ihren Augen nicht, als sie die Hecktüre der Ambulanz öffnet. Der wiederbelebte Mann liegt auf dem Boden, über ihm krallen sich Joe und der Mann mit der Platzwunde ineinander, kämpfend.

Catalina schreit.

Sie springt in den Wagen, versucht, in dem engen Raum die beiden Männer zu trennen. Die Klappfächer unter dem Dach sind alle aufgerissen, Verbandszeug und Medikamente verteilen sich über alles. Ein Ellbogen rammt sich in ihre Seite, dass ihr die Luft wegbleibt. Ein schwarzer Schnürstiefel landet im Gesicht des Bewusstlosen auf dem Boden. Sie sieht ein Messer in der Hand des Platzwundenmannes aufblitzen, nein, es ist eines ihrer eigenen Skalpelle.

Sie zieht ihre Pistole, die ihr inzwischen so vertraut ist wie die Gesichtsmasken.

„Kein Sanitäter macht ohne Waffe Dienst", hat ihr Vorgesetzter schon vor Monaten gesagt.

Sie versucht zu zielen, drückt in dem Moment ab, wo Joe über den Mann am Boden stolpert, nach vorne kippt. Das Messer des Angreifers schrammt an ihm vorbei, trifft noch seine Schulter, im selben Moment dröhnt der Schuss, entwickelt in dem kleinen Raum eine Resonanz, dass Catalinas Ohren zuschlagen wie eine Brandschutztüre.

Sie sieht den Fremden sie ansehen, das Gesicht unter dem Verband blutverschmiert, die Augen aufgerissen. Erstaunen im Blick. Wie in Zeitlupe sackt er zusammen, landet mit seinem Hinterteil auf dem Gesicht des Bewusstlosen.

Joe dreht sich zu ihr um, sein Mund bewegt sich, Catalina hört kein Wort. Sie steht da, die Waffe immer noch im

Anschlag, starr. Joe packt sie an der Schulter, schüttelt sie. Sie fühlt ihren Körper schwanken, vor und zurück, vor und zurück.

Joe nimmt ihr die Waffe aus der Hand, drängt sie aus dem Wagen, drückt sie in eine sitzende Position an der Leitplanke. Er beugt sich durch das offene Fenster der Beifahrertüre in die Fahrerkabine.

Langsam beginnt es, in ihren Ohren zu rauschen.

Joe wirft ihr einen Blick zu, verschwindet wieder im hinteren Teil des Wagens. Nach ein paar Minuten, die sich für Catalina wie eine Ewigkeit anfühlen, kommt er blutverschmiert aus dem Wagen.

Die Sonne erhebt sich rosa-orange im Osten.

Er lässt sich neben Catalina nieder, lehnt sich wie sie an die Leitplanke.

Sie sieht zu ihm hin, das Rauschen in ihren Ohren wird lauter, dann ein Knacksen, das Rauschen wird zum Lärm eines LKWs, der an ihnen vorbei über den Highway fährt.

Die Zeit beschleunigt sich wieder auf ihr normales Maß.

Sie schweigen.

Catalina schnappt nach Luft.

„Ist er …?"

Joe nickt. „Beide."

Zwei Tote mehr. Sie hat schon viele Tote gesehen. Aber sie hat noch nie einen verursacht. Ihr Körper reißt sie empor, sie beugt sich über die Leitplanke und übergibt sich.

Ihr Magen will gar nicht mehr aufhören, aus ihrem Mund herausspringen zu wollen.

Joe steht neben ihr, hält sie.

„Du hast das Richtige getan."

Erst jetzt fällt ihr seine Wunde an der Schulter auf.

Die Sonne steigt höher, es wird ein heißer Tag werden.

„Wir sollten ..." Catalina deutet müde mit dem Kopf zum Rettungswagen. Sie ist so müde, so unendlich müde. Aber sie müssen doch ihrer Pflicht nachgehen …

Joe schüttelt den Kopf. „Wir sollen warten. Sie schicken die Polizei. Wir sollen nichts anrühren."

Catalinas Magen will ihr schon wieder aus dem Körper springen.

Sie haben einen Tatort.

Es dauert Stunden, bis sie endlich nach Hause darf. Es verwundert sie, dass man in Zeiten wie diesen doch so viel Zeit für einen Fall von Notwehr hat. Denn dass es Notwehr war, das bestreitet niemand.

Sie haben Joe zusammengeflickt, und auch wenn er und alle anderen ihr immer wieder bestätigen, dass sie das Richtige getan hat, dass sie Joe das Leben gerettet hat, es dringt nicht vor zu ihr. Sie geben ihr ein Beruhigungsmittel. Dabei fühlt sie sich ruhig. Sie ist nicht eine von denen, die hysterisch durch die Gegend rennen.

Sie will nur schlafen.

Doch als sie nach Hause kommt, wartet natürlich die ganze Familie. Sie sind aufgeregt. Sie wollen wissen, wie es dem armen Autofahrer geht, ob der ältere es gut überstanden hat. Die beiden Fahrzeuge stehen noch am Straßenrand, wo man sie hingeschoben hat, um den Verkehr wieder freizugeben. Es wird Wochen dauern, ehe sie nicht mehr dort stehen.

Zum Glück hat Joe sie nach Hause begleitet. Sie kann nicht berichten, was geschehen ist. Das betretene Schweigen ist schlimm genug, als sie von der Schießerei erfahren.

Sie sieht Tränen in Jamilas Augen. „Aber er war doch so ein nett aussehender Mann."

Catalina weiß nicht, ob sie den meint, der einen Herzstillstand hatte, oder den anderen.

Den anderen. Den einen. Den, den sie erschossen hat.

Dessen Leben sie beendet hat, weil er versucht hat, die Medikamente im Rettungswagen zu stehlen, während Joe versucht hat, den anderen Patienten am Leben zu erhalten.

Erstmals hat sie wirklich Blut an ihren Händen, fühlt sie.

TOKYO

Er hört Schritte auf dem Gang, ein Rascheln. Erneute Schritte, ein leiseres Rascheln. Dieser Rhythmus wiederholt sich noch ein paar Mal, bis die Geräusche verstummen. Naoto wartet noch ein paar Minuten, ehe er die Wohnungstüre öffnet. Er bückt sich, hebt die Pappschachtel auf, das Logo eines Sushilokals in der Nähe lacht ihm entgegen. Die tägliche Ration Reis, die sie alle immer um diese Uhrzeit geliefert bekommen.

Er muss husten, als er sich aufrichtet. Erstmals in seinem Leben fühlt er sich tatsächlich so alt, wie er ist. Als er seine Türe vorsichtig schließt, hört er die seines Nachbarn sich leise öffnen. Jeder wartet immer, diszipliniert und folgsam. Naoto lächelt leicht. Selten haben sie so aufeinander geachtet. Nun lauscht jeder auf den anderen, weiß jeder, ob der andere noch so weit bei Kräften ist, seine Türe zu öffnen. Er fragt sich, was geschieht, wenn einer seine tägliche Ration nicht in die Wohnung nimmt. Wahrscheinlich würde man es melden. Damit sie kamen, die Schwerkranken oder Leichen abzuholen. Und vorher würde man sich wahrscheinlich den Reis schnappen. Zweimal Langeweile im Magen ist besser, als nur einmal.

Er stellt den Reis in die winzige Küche. Seit sie alle in Quarantäne sind, achtet er noch mehr auf einen geregelten Tagesablauf. Noch ist es nicht Zeit, zu essen.

Er wirft einen Blick auf Yolaine, die fiebrig auf ihrem Futon liegt. Immerhin schläft sie, das ist gut. Es hat sie viel schwerer erwischt als ihn, dabei hieß es doch, die Asiaten würden anfälliger für den Virus sein. Warum sollte das so sein? Er

91

betrachtet ihr verschwitztes Gesicht, kniet sich nieder, um ihr sanft über die Wange zu streichen. Sie röchelt leise im Schlaf, nicht mehr so gequält wie noch vor zwei Tagen. Er hat Hoffnung, dass sie das Ärgste überstanden hat, vor zwei Tagen hatte er schon das Schlimmste befürchtet und überlegt, den Notruf anzurufen.

Dennoch, sie sieht kummervoll aus. Naoto ahnt, dass ihre Sorge um Mion in Frankreich dazu beigetragen hat, dass Yolaine so schwer erkrankt ist. Sie ist totunglücklich gewesen, als alle Flüge für Privatpersonen mit sofortiger Wirkung gestrichen wurden. Stunden verbringen sie täglich auf Skype, wenn der Internetservice nicht zusammenbricht, was leider sehr oft geschieht. Das ganze Land ist überlastet.

Sie fühlt seine kühle Hand an ihrer Wange, zu erschöpft, die Augen zu öffnen. Aber es tut gut, ihn in ihrer Nähe zu wissen. Gemeinsam hier in der vertrauten kleinen Wohnung zu sein, nicht irgendwo in einer überfüllten Isolierstation. Die Bedingungen dort sollen grauenvoll sein, selbst in der Isolation der Quarantäne verbreiten sich Gerüchte schnell wie eh und je. Wer es vermeiden kann, bleibt lieber zuhause, nur im allerschlimmsten Notfall wird die Rettung gerufen.

Sie driftet wieder in einen traumreichen Halbschlaf.

Naoto setzt sich ans Fenster, blickt hinaus über die eigenartig stille Stadt. Er überlegt, ein Buch zu lesen, ein wenig in den Werken von Baudelaire zu schmökern, aber es fällt ihm schwer, sich zu konzentrieren. Er fragt sich, ob in seinem Dojo alles in Ordnung ist. So lange ist er noch nie nicht in seinem Dojo gewesen, wenn er in Japan ist. Dies ist eine seltsame Erfahrung. Er lernt viel über sich selbst in dieser Situation.

Er lässt seinen Blick erneut über die Stadt schweifen. Es ist, als halte ganz Japan den Atem an. Noch kann man sich gar nicht ausmalen, was diese Epidemie für die Zukunft bedeutet. Sein Blick fällt auf das Buch, das Yolaine vor ein paar Tagen noch gelesen hat. Das kleine rote Bändchen, das sie als Lesezeichen eingelegt hat, verrät ihm, dass ihr nur noch wenige Seiten bis zum Schluss fehlen. Fast zu Ende. Wenn sie nachher wieder wach ist, wird er es ihr vorlesen. Er wird sich zu ihr legen und sie mit seiner im Moment heiseren Stimme mit ein wenig Jane Austen ablenken. Aber zuerst wird er ihr sagen, dass Mion eine Email geschickt hat, dass er wieder auf dem Weg der Besserung ist. Das wird mehr zu Yolaines Heilung beitragen als alles andere.

Das Atmen fällt heute ein wenig leichter, ein ganz klein wenig. Es ist nie ein richtiger Schmerz gewesen, wenn sie nur flach atmete, nur ein Gefühl der Enge, ein Gefühl, als wäre ihre Lunge ein Fremdkörper, ein nicht funktionierendes Organ. Sie sehnt sich nach tiefen Atemzügen. Ihr ganzer Körper schmerzt vom Liegen. Sie sehnt sich auch nach einem richtigen Bett, ist das nicht sonderbar? Sie schläft nun schon länger auf einem Futon, als sie davor in ihrem Leben in einem Bett geschlafen hat, und doch kommen nun diese Bedürfnisse der früheren Yolaine, der jungen Frau in Frankreich, im Haus ihrer Eltern in der Provence.

Ihre Gedanken schweben wie Blätter in einem Teich, getrieben von einem Windhauch, manchmal unter der Oberfläche versinkend, manchmal emporgehoben über sich kräuselnde Wellen. Ein Teil ihrer Selbst hat sich tief in ihren Körper zurückgezogen, in einen Bereich, der fern der Umhüllung ihres Leibes ist. Sie weiß nicht, ob sie sterben wird. Doch es ist ihr bewusst, dass sie die Krankheit schlimm erwischt hat, dass sie zu jenen gehört, die man anfangs auf eine Intensivstation verfrachtet hätte. Anfangs, als es dort noch Platz gab. Und ausreichend Medikamente. Und Sauerstoff, kühlen, klaren Sauerstoff.

Sie versucht, eine bequemere Position zu finden, ihr Rücken schmerzt. Langsam sinkt sie wieder in die Tiefe, dem Meeresgrund zu. Es ist, als müsse sie unter Wasser atmen. Und dann, ganz langsam, scheint es ihr, als atme sie Wasser. Als dringe das Wasser durch sie hindurch, durch ihre Haut, in ihren Mund, und es ist köstlich, dieses Wasser, es ist köstlich, es tief einzuatmen, sie hat gar keine Angst, zu ertrinken, nur an Mion denkt sie und an Naoto, und eine Welle der Liebe zu diesen beiden Menschen in ihrem Leben durchströmt sie ebenso wohltuend wie das Meereswasser, in dem sie zu schweben meint, nur wärmer, goldener. Und je mehr sie durchströmt wird, umso mehr meint sie, ihre Grenzen zu verlieren. Sie kann nicht mehr sagen, wo ihr Körper endet und das Meer beginnt. Sie wird zum Meer, grenzenlos, und gleichzeitig hat sie sich noch nie sosehr in sich ruhend gefühlt.

Heller wird es um sie, als treibe sie der Oberfläche entgegen. Sie fühlt sich leicht, leuchtend, und nun, nun schwebt sie über dem Wasser, sie sieht ihren Körper, sieht ihre Hände, diese schlanken Finger, und im selben Moment sind da keine Hände, ist da nur Licht und Luft und sie sieht das Meer und den Himmel, nein, sie sieht es nicht, sie *ist* das Meer und der Himmel, sie weitet sich immer mehr aus, sie sieht Japan, sie sieht die Welt, immer höher steigend, und zugleich *ist* sie Japan und die Welt, mit jeder Faser ihres Seins. Sie ist all diese Menschen, die Unzähligen, von denen viele nun krank liegen, sie ist die Tiere, die Bäume, selbst die Spinnen ist sie, vor denen sie sich so fürchtet.

Sie fühlt, dass Tränen ihre Wangen hinablaufen. Es ist wunderschön. Sie meint, übergehen zu müssen vor Liebe, doch da ist keine Grenze, über die etwas übergehen könnte, denn sie ist alles, alles ist sie …

Naoto hat den Computer eingeschaltet. Er überfliegt die Nachrichten, sie haben sich in den letzten Stunden nicht verändert. Er holt sich seine Schale mit Reis aus der Küche, Yolaine schläft so fest, er wird sie nicht wecken. Nachher wird er ihre Portion zu einer Suppe verfeinern, ein wenig von den Suppenwürfeln, die sie immer von ihren Reisen nach

Frankreich mitbringen, ist noch hier. Das wird sie besser stärken als der trockene Reis. Er selbst hat genug von warmen Reis. Da Yolaine es nicht sieht, isst er ihn kalt, mit ein paar Spritzern Sojasauce. Sie würde ihm erklären, wie wichtig es ist, warm zu essen, wenn man krank ist. Es hat etwas Rebellisches, am Fenster stehend kalten Reis zu essen. Vielleicht braucht es ein wenig Revolution. Sie sind alle immer so gehorsam in Japan. Gehorsam. Der einzige Ungehorsam ist ungeheuerlich, endgültig. Selbstmord.

Er schaut erneut auf den Bildschirm. Verwackelte Handybilder aus Tokyo, keine halbe Stunde von seiner Wohnung entfernt. Menschen, die über die Straße ziehen, eine kleine Gruppe Männer und Frauen, ohne Schutzmasken, es erscheint ungeheuerlich. Wann hat er das letzte Mal Menschen ohne Schutzmasken in der Öffentlichkeit gesehen? Er kann sich nicht erinnern, vor einer Ewigkeit. Sie schlagen sich selbst mit ledernen Peitschen auf ihre nackten, blutigen Rücken. Fasziniert vom Irrsinn kann er seinen Blick nicht vom Bildschirm abwenden. In der Ferne hört er Sirenen und auf dem Bildschirm sieht er Polizeiwägen die kleine Gruppe umzingeln.

Er schließt den Tab, die Essstäbchen noch in der Hand. Ein Reiskorn fällt auf die Tastatur, wie ein kleiner Samen. Naoto versinkt in meditatives Nachdenken. Wie könnte ein Reiskorn in dieser weiten globalen Welt ein Samen der Hoffnung werden?

Sein ganzes erwachsenes Leben lang hat er sich mit Aikido beschäftigt, mit der Kampfkunst und der Philosophie dahinter. Die Energie des Gegners aufnehmen und ins Leere laufen lassen. Fließen, zentrieren, das eigene Zentrum stark halten.

Er fühlt sich stark. Er hat keine Angst. Er kann die Dinge so nehmen, wie sie kommen. Sie sind alle nur Körnchen in der Sanduhr der Welt, rieseln hinab und warten darauf, dass die Sanduhr wieder umgewendet wird, auf dass sie erneut hinabrieseln können durch die schmale Pforte des Lebens.

Gegen den Virus jedoch, da nützt alles zentriert sein nicht. Er ist kein greifbarer Gegner. Nur ein Keil, der sich zwischen die Menschen drängt, sie auseinander schiebt wie ein Bulldozer.

Der Einzelne kann es vielleicht schaffen, eins zu sein mit der Krankheit, mit ihr einen harmonischen Tanz zu erleben, wie es mit einem guten Partner im Training geschehen kann, wenn die Energien der beiden Menschen, von denen einer den andern zu Boden bringen soll, in perfektem Einklang sich zu einem einzigen Gefühl des Fließens verbinden.

Aber eine ganze Gesellschaft? Ein ganzer Erdball?

Ist dies eine Lektion, die sie vielleicht, langfristig, aus dieser Sache lernen könnten? Dass es grauenvoll ist, wenn Mensch Mensch misstraut, wenn Isolation das vorherrschende Gefühl ist? Dass es doch so viel beglückender ist, eins zu sein miteinander?

Er denkt an den kurzen Moment heute morgen, als er den Reis hereinholte, diese Lauschen auf den Nachbarn, dieses Bewusstsein, dass sie alle im selben Boot sitzen.

Er starrt immer noch auf die Computertastatur mit dem Reiskorn darauf.

„Naoto?", erklingt schwach Yolaines Stimme. „Wusstest du, dass die Welt wunderschön ist?"

WIEN

Alex schleppt sich zu seiner Gartenhütte. Er ist immer noch furchtbar schlapp, so lange hat er sich immun gefühlt, aber am Ende hat ihn der Virus doch erwischt. Und auch noch ordentlich. Da half es auch nicht, dass er seit dem Tod seines Vaters bei der Mutter in der Wohnung gelebt hat, voller Schuldgefühle.

Die letzten Tage hat er versucht, den Garten nach dem Winter in Schwung zu bringen. Er kennt sich nun aus. Theoretisch zumindest. Das Internet ist ja voll von Gartentipps, was einst ein Hobby war, ist heute Notwendigkeit.

Müde lässt er sich auf die Gartenbank sinken. Die Märzsonne fühlt sich angenehm an auf seiner Haut. Nur ein Weilchen ausrasten, ehe er es angeht.

Vor einem Monat ist nun auch die Mutter gestorben. Alex ist sich sicher, dass es der Verlust des Vaters war, der ihr den Lebenswillen genommen hat. Der Virus war es nicht. Einfach eingeschlafen und nicht wieder aufgewacht. Zwei Tote, die nicht in der Statistik des Virus aufscheinen. Offiziell zählt Alex also zu jenen, die niemanden verloren haben.

Absurderweise ist Alex ihr böse. Ein Jahr hat er gemeinsam mit ihr gelebt, ein endloses Jahr in dem der Virus alle Pläne ruiniert hat, die Wirtschaft ruiniert hat, das normale Leben ruiniert hat.

Jetzt, wo es absehbar ist, dass sie diese Sache endlich im Griff haben, verabschiedet sich seine Mutter still und lautlos. Jetzt, wo man vielleicht wieder hätte normal miteinander umgehen können.

Und irgendwo ist er auch erleichtert, denn es war nicht mehr auszuhalten mit ihr. Die dauernden Streitereien, darüber, welche Dose man als nächstes öffnen sollte, ob man überhaupt eine, weil die Hungersnot … oder die Art, wie sie ihn versorgt hat, als es ihn erwischte. Oder eher, wie sie ihn nicht versorgt hat, abholen hat sie ihn lassen, Wochen lag er in diesem stinkenden, ekelerregenden Turnsaal, kein Arzt weit und breit, nur ein paar ausgebrannte Pfleger. Er war einer der letzten Patienten, die sie noch unterbringen mussten, während in den Spitälern langsam wieder so etwas wie Normalität einkehrte. Mit der Betonung auf langsam.

Und dann kommt er heim und sie jammert nur, wie arm sie war, so ganz alleine … Friede ihrer Asche. Jetzt kann sie wieder Papa anjammern.

Ein kühler Wind kommt auf. Er sollte sich bewegen, sonst verkühlt er sich noch. Das kann er sich nicht leisten.

Als er vor ein paar Tagen das erste Mal wieder hier im Schrebergarten war, hat der Garten überraschend gepflegt gewirkt. Er fragt sich, ob das das ältere Ehepaar war, das er damals beim Kirschen stehlen erwischt hat. Damals, vor einer gefühlten Ewigkeit. Oder jemand aus dem Gemeindebau, der den letzten Sommer über seinen Garten vereinnahmt hat. Hoffentlich taucht er nicht wieder auf, wer immer es ist.

Er stützt sich auf den Rechen, mit dem er das vertrocknete Herbstlaub von den Beeten rechen will.

Andererseits. Vielleicht taucht derjenige ja wieder auf. Einer, der bereits Erfahrung hat mit dem Gärtnern. Einer, mit dem man auf der Bank sitzen kann und sich über die besten Karottensorten unterhalten kann. Oder besser noch, eine. Eine junge, eine nette.

Alex schaut zu den Gemeindebauten hinüber. Auf fast jedem Balkon kann er Blumentöpfe und Tröge erkennen, darin vertrocknete Pflanzenreste des Vorjahres. Jeder Park in Wien hat sich letztes Jahr in einen Gemüsegarten verwandelt. Trotzdem herrschte Hunger, Gemüse macht nicht satt. Heuer wird es bestimmt wieder besser. Langsam kommen in Österreich wieder die Industrie und die Landwirtschaft in Schwung, es gibt wieder Ersatzteile für Traktoren und genügend Sprit. Ist es nicht erstaunlich, dass so ein kleines Ding wie ein unsichtbares Virusteilchen die ganze Welt lahmlegen kann? Fast muss man Bewunderung dafür empfinden. So klein und so mächtig …

Er ist heute zu erschöpft, um sich um die Beete zu kümmern. Es heißt, dass die Rekonvaleszenz bei den schweren Fällen monatelang dauern kann. Man soll sich schonen. Das Immunsystem ist geschwächt, anfällig für andere Krankheiten.

Drinnen in der Hütte dreht er den Elektroheizkörper auf, wärmt seine Hände. Er hat im Moment immer kalte Hände.

Die Weltkarte an der Wand lächelt zynisch zu ihm herunter. England, Amerika, Japan, Neuseeland …

Verdammtes Neuseeland.

Warum drücken ihn plötzlich Tränen hinter den Augen?

Er hat eine Tochter. Irgendwo. Keine Ahnung, wo.

Er hat versucht, Birgit ausfindig zu machen. Seit Wochen tut er nichts anderes. Seit Mutters Tod. Weil ihm alles plötzlich so sinnlos erscheint.

Er ist 33, hat ein abgebrochenes Studium, keinen Beruf gelernt. Er hat sein Leben damit verbracht, um die Welt zu gondeln und anderen Menschen vorzugaukeln, wie toll es überall ist, hat eine Scheinwelt aufgebaut auf der Jagd nach Followern und Likes. Er hat einen Job, der nicht gebraucht wird, kein Geld – gut, wer hat das heute schon, Bares ist abgeschafft. Er hat keine Zahlen auf dem Konto, so muss das wohl korrekt heißen. Die Witwenpension der Mutter war der letzte Rettungsanker gewesen. Er besitzt nicht mal eine Wohnung, die von den Eltern war ja auch nur zur Miete, das hat ihn ganz schön erschreckt, als ihm das bewusst geworden ist, dass die Eltern die Wohnung nie gekauft haben. Irgendwie hat er schon damit gerechnet … Und jetzt werden sie ihn wohl bald hinauswerfen, sobald sich der Wohnungsmarkt wieder normalisiert, in der Krise war alles eingefroren. Er hat also nur diese Gartenhütte, in der man gar nicht wohnen darf.

Seine Freunde sind irgendwo in der Welt verteilt, in Wien hat er keine mehr. Wenn er hier und heute umfiele, kein Mensch würde ihn vermissen, keiner würde es bemerken. Außer vielleicht das Ehepaar, das an seinen Kirschen Interesse hatte, die können ihn dann gleich als Dünger auf den Kompost werfen.

Er hat auch keine Lust mehr zu bloggen. So viele machen das nun, es war ja so ziemlich das einzige, das man machen konnte. Er war Reiseblogger, Betonung auf Reise. Und Reisen ist immer noch so gut wie unmöglich, außer man ist ein Krisengewinnler, Abschaum treibt immer nach oben.

Es gibt immer noch Grenzkontrollen mit Temperatur-checks, wehe man hat mal Fieber. Alle haben immer noch Angst, dass der Virus nicht besiegt ist, dass er mutiert und in einer neuen Welle über den Globus rast. All die großspurigen Versprechungen, sie haben es immer noch nicht geschafft, einen Impfstoff zu entwickeln.

Alle privaten Fluglinien sind pleite gegangen, er hat die Bilder gesehen, sehr beein-druckend, ganze Flugzeugfriedhöfe in der Landschaft. Und die staatlichen … kaum zu leisten, so ein Flugticket.

Nun, zumindest haben sie so etwas gegen den Klimawandel getan, wenn auch nicht freiwillig.

Ein großes Segelschiff, das wäre etwas, von denen soll es wieder einige geben. Vielleicht kann er ja als Matrose anheuern, obwohl, bei seiner Höhenangst, ein Segelschiff mit Masten … Frachtschiffe fahren auch wieder fast wie früher, sind teilweise die ganze Zeit gefahren. Der öffentliche Verkehr ist lange Zeit völlig zum Erliegen gekommen. Wenn man es sich leisten kann, sitzt man noch immer lieber alleine im eigenen Wagen, als mit anderen in eine U-Bahn gepresst.

Eigentlich sind die Zahlen ja gar nicht so dramatisch gewesen. Gewiss, geschätzte 70% der Bevölkerung hatten den Virus erwischt, schwerer oder leichter, aber die Sterberate war nur 2%. Nur. Genug. Er will es sich gar nicht in absoluten Zahlen ausrechnen. Manche Länder sind seitdem wie ein schwarzes Loch auf der Landkarte. Oder mehr wie ein blinder Fleck, schwarze Löcher ziehen schließlich alles in ihrer Umgebung an, und das kann man von diesen Ländern nun wirklich nicht behaupten.

Seufzend steht er auf, fährt mit dem Finger die Linien auf der Weltkarte nach. Norwegen war sein Plan gewesen. Sein Blick wird wieder von der sichelförmigen Insel am anderen Ende der Welt angezogen.

Ob sie immer noch dort unten sind? Die hatten den Virus genau wie alle anderen. Ob Lola überhaupt noch lebt? Er hat seine Daten dem Roten Kreuz gegeben, nachdem er nirgends eine Spur von Birgit in den Sozialen Netzwerken fand. Vielleicht will sie ja auch einfach nicht von ihm gefunden werden, das kann natürlich auch sein. Dabei ist er doch kein so schlechter Kerl gewesen.

Vielleicht hat Birgit inzwischen einen anderen Nachnamen, hat einen netten Neuseeländer geheiratet, vielleicht sogar auch mit dem schon wieder ein Kind gemacht. Er spürt Bitterkeit in seinem Mund.

Das sei ihr doch vergönnt. Aber melden hätte sie sich schon können. Allein Lolas zuliebe. Immerhin ist er ihr Vater. Lola ist seine einzige lebende Verwandte. Die einzige, die ihm vielleicht nachtrauern würde, wenn er nicht mehr wäre …

Leider, wird ihm bewusst, würde wohl nicht einmal Lola um ihn trauern. Sie ist nun fast zwei Jahre weg. Zwei Jahre, in denen die verdammte Welt stillgestanden ist. Sie weiß wahrscheinlich nicht einmal mehr, wer er ist.

Alex steht auf, reißt in einem plötzlichen Anfall von Wut die Weltkarte von der Wand und knüllt sie zusammen. Die Welt kann ihn gern haben. Ist doch alles zum Kotzen.

Als er am selben Abend wieder in die Wohnung seiner Mutter zurückkehrt, findet er in der Post einen Brief von der Hausverwaltung. Normalisierung des Wohnungsmarkts, Investitionsrückstau, bla, bla. Ihm bleibt ein Monat, den Mietrückstand zu zahlen oder die Wohnung zu räumen.

Was soll's. Er kann sich die Miete sowieso nicht leisten, er hat kein Einkommen. Immerhin ist es Frühling, da wird er in der Gartenhütte nicht erfrieren. Und wenn er dann einen Job findet … als was auch immer … oder eine gute Idee hat, um einen neuen Blog ins Leben zu rufen … es werden ja wohl nicht alle, die während der Krise zu bloggen begonnen haben, nun auch dabei bleiben, wo es wieder ein Leben außerhalb der eigenen vier Wände gibt.

Händeringend wird nach Facharbeitern in Industrie und Gewerbe gesucht, alles, was bis vor zwei Jahren aus China kam, soll jetzt hier produziert werden. Es wird Ausbildungsprogramme geben, Umschulungen, Förderprogramme, der Aufschwung steht vor der Tür, wenn man den Nachrichtensprechern glauben will. Nichts für ihn, der Sommerjob am Fließband in der Fabrik hat ihm genügt, er ist damals vor Stumpfsinn fast wahnsinnig geworden.

Aber vielleicht haben sich die Menschen ja nun so an ihre virtuellen Existenzen gewöhnt … das ist ja wohl die einzige Branche gewesen, die wirklich geboomt hat. Man datet online, man kauft online ein, man arbeitet online, man trinkt sein Bier mit Freunden online. Naja, und die Desinfektionsmittelbranche, die hat auch fette Gewinne gemacht.

Natürlich setzt er sich selbst auch vor den Computer. Ein Blick auf die Nachrichten, die Welt feiert, heißt es. Seit zwei Monaten gab es keine Neuerkrankung. Der Virus ist besiegt. Großartig. Warum fühlt er sich dann trotzdem noch so beschissen?

Und dann findet er eine Email in seinem Posteingang, die ihn zwingt, tief durchzuatmen.

Er hat Birgit gefunden.

Oder sie haben ihn gefunden.

Die Leute vom Roten Kreuz in Neuseeland.

Und Birgit ist tot.

Schon ganz am Anfang der Epidemie.

Ein Autounfall, steht in den Akten, die sie angeheftet haben.

Aber Lola lebt. Nur wusste niemand, wen man verständigen sollte. Lolas Angabe, dass ihr Papa Papa heißt, war nicht zielführend, steht in dem Mail, und Alex meint, den typisch neuseeländischen Humor hinter dieser Bemerkung zu lesen. Erst jetzt, durch seine Anfrage, konnte man die richtigen Schlüsse ziehen und auch erst jetzt ist das Chaos so weit abgeebbt …

Alex muss aufstehen, sich ein Bier holen. Er steht in der Wohnung seiner Kindheit und es ist ihm schwindlig.

Birgit ist tot.

Lola lebt.

Seine Tochter.

Was soll er nun tun?

Alex fährt sich durch die Haare, ratlos. Lola, die immer seine braunen Locken gezwirbelt hat. Dieses grauenvolle Zupfen hat plötzlich einen sentimentalen Schimmer.

Er setzt sich wieder an den Computer, liest weiter.

In ein Heim hat man Lola gesteckt damals.

Arme Lola, denkt Alex. Er ist erwachsen und er weiß, wie einsam er sich in den Wochen in der Isolierstation gefühlt hat. Wie verlassen muss Lola sich erst gefühlt haben. Hoffentlich hatte sie ihren geliebten Hasen bei sich … ihm fällt partout nicht mehr ein, wie der hieß.

Doch nun ist Lola seit mehr als einem Jahr bei einer Pflegefamilie, sie hat dort gut Anschluss gefunden und spricht inzwischen perfekt Englisch, steht weiter in dem Text.

Die Pflegeeltern lassen anfragen, was weiter mit dem Kind

geschehen soll. Wird Alex es holen kommen? Oder kommt er für eine Rückführung des Kindes nach Österreich auf? Die geschätzten Kosten rauben ihm den Atem. Wenn nicht, so würden die Pflegeeltern Lola gerne adoptieren, das Kind ist ihnen sehr ans Herz gewachsen. Natürlich freuen sie sich über jeden Kontakt mit dem Kindsvater.

Alex öffnet den zweiten Anhang, auf dem *Lola* steht.

Ein Foto seiner Tochter, den abgewetzten Schnuffl in Händen. Da, ihm ist der Name wieder eingefallen. Sie lächelt, hat bereits eine Zahnlücke vorne. Ihr Haar ist zu zwei lockigen Zöpfen gebunden, sie trägt ein Kleid mit einem Blumenmuster. Adrett und sauber. Und glücklich, muss Alex zugeben. Seine Tochter sieht glücklich aus, lacht in die Kamera. Sein Hals wird ganz eng.

Was soll er tun?

Ausnahmsweise tut Alex etwas, das sonst nicht seine Stärke ist. Er macht eine Liste. Schreibt alles nieder, was ihm zu dem Thema einfällt.

Seine finanzielle Situation. Beschissen

Die Schwierigkeiten einer Reise nach Neuseeland. Unlösbar.

Die Tatsache, dass er Lola keine so adrette Zukunft bieten kann. Zumindest derzeit nicht. Vielleicht niemals.

Seine Sehnsucht nach diesem kleinen Mädchen, das ihm und Birgit ähnlich sieht. Seine Lippen, Birgits Augen.

Seine nach wie vor angeschlagene Gesundheit.

Eine Jobsuche in seinem Zustand ist aussichtslos, wenn es so viele Arbeitssuchende gibt.

Die Tatsache, dass die Pflegeeltern die Krise offenbar gut überstanden haben. Das zweite Foto, das sie mitgeschickt haben, zeigt ein mittelaltes Ehepaar, leger aber nicht billig gekleidet, mit Lola an einem Tisch in einem hellen Zimmer sitzend. Ein wenig langweilig vielleicht. Weit entfernt von

Reisen im Bus und Nächten unter Sternenhimmel, von Spaziergängen in der Wüste oder Ausflügen im Kanu. Aber es steht Essen auf dem Tisch. Reichlich.

Die Rechnung ist klar. Lola geht es dort besser.

Gab es das nicht schon einmal? Kinderverschickungen, damit es den Kindern besser ging?

Er gibt seine Zustimmung, nachdem er sein letztes Geld für einen Anwalt ausgegeben hat. Diese Blutsauger können sich über mangelnde Arbeit nicht beschweren, mit den Turbulenzen der Krise haben sie für die nächsten Jahre ausgesorgt.

Jetzt muss er erst wieder auf die Beine kommen. Dann ein Job. Dann wird er Lola besuchen. Und bis dahin … sie können ja Skypen. Er ist plötzlich ganz begierig darauf, all die spannenden Ereignisse zu hören, die Lola erlebt hat. Man kann nicht oft genug „Wie toll" sagen. Wie gut sie wohl noch Deutsch spricht, nach zwei Jahren in Neuseeland? Es käme ihm eigenartig vor, mit ihr Englisch zu reden.

Aber zumindest hat er wieder ein Ziel. Auch wenn es am anderen Ende der Welt ist.

OST-STEIERMARK

Die Kirchenglocken läuten lange. Nicht das helle Totenglöckchen, das im letzten Jahr viel zu oft erklungen ist, sondern die große Glocke. Sie feiern heute einen Dankgottesdienst. Die viel kritisierte WHO hat unter großem Medienrummel den weltweiten Virus-Victory-Day verkündet, ViVi-Day, wie er sofort in allen Medien genannt wird. Seit zwei Monaten keine bekannte Neuerkrankung. Zumindest in den Ländern, die noch ein rudimentär funktionierendes Gesundheitssystem haben. Dazu gehört Österreich, auch wenn es noch viele Jahre dauern wird, bis die großen Lücken im medizinischen Fachpersonal geschlossen werden können.

Ein herrlicher Frühlingstag begrüßt die Kirchgeher, als sie nach draußen strömen. Es ist der erste Gottesdienst, bei dem die Kirche brechend voll war, auf dem Vorplatz der Kirche sind noch viel mehr Menschen als in der Kirche selbst und über Lautsprecher haben sie die Predigt mitverfolgt. Die Menschen sehnen sich danach, endlich wieder in der Gemeinschaft aufzugehen, die meisten haben sich schön angezogen, schöner noch, als es vorher üblich war.

Auf den ersten Blick könnte man meinen, dass alles wie früher ist. Hüte werden wieder aufgesetzt, Grüppchen gebildet, Kinder laufen herum, lachen, toben. Alle ein wenig älter, manche ein wenig dünner, aber hier hat niemand hungern müssen, der bereit war mitzupacken. Ungewöhnlich sind die wenigen Autos am Parkplatz, dafür stehen ein paar

Pferdekutschen vor der Kirche. Nicht jeder kann sich den teuren Sprit so locker leisten wie davor und viele von weiter weg haben Fahrgemeinschaften gebildet, der Rest geht zu Fuß.

Andere Dinge haben sich auch verändert. Der alte Pfarrer ist gestorben, schon vor einem Jahr. Sie haben ihn auch davor wenig zu Gesicht bekommen, er war ja schon seit einem Jahrzehnt für drei Gemeinden zuständig und viel unterwegs. Es war ein Problem für die Kirche, weltweit, dass auch so viele ältere Geistliche dem Virus erlagen. Kein Wunder eigentlich, schließlich zählten sie zu denen, die Ansteckung hin oder her ihren Schäfchen beistanden und ihnen die Sterbesakramente gaben. Gleichzeitig war der Bedarf nach seelischem Beistand unendlich groß und die katholische Kirche hatte schon vor der Krise ein Nachwuchsproblem gehabt. Deshalb hat der neue Papst, der jüngste Papst seit Jahrhunderten, Unerhörtes getan.

Und so haben sie wieder einen eigenen Pfarrer im Ort. Oder so in der Art …

Natürlich ist es noch immer das große Thema, und die erste besondere Messe die ideale Gelegenheit, sich endlich selbst davon zu überzeugen, auch für jene, die die sonntäglichen Messen sonst niemals besucht haben. Und erst recht die Gelegenheit, nun in den Grüppchen darüber zu reden.

Zufrieden sind sie ja, sie fühlen sich alle wirklich gut betreut, da kann man gar nichts sagen.

„Aber komisch ist es schon", sagt der Huabnbauer. „Muss man sich erst dran gewöhnen."

„Also so tät es mich ja nicht stören", meint seine Nachbarin, in ihrem schlotternden Dirndl. „Aber dass dann auch noch … und überhaupt ..."

Die Gespräche verstummen kurz, als sich die Seitentüre der Kirche öffnet. Andrea tritt heraus, ein wenig außer Atem. Sie trägt noch die Soutane und merkt erst jetzt, dass sie doch ganz schön nervös war vor ihrem ersten Gottesdienst vor der versammelten Gemeinde. Aber die meisten lächeln sie freundlich an. Die beiden alten Damen, die auch dem vorherigen Pfarrer immer ihre Meinung zur Predigt verkündet haben, eilen schon auf sie zu.

„Sehr schön war's, wirklich sehr schön!"

„Ja, so stimmungsvoll. Und so voller Hoffnung."

Die Bärnsche deutet auf Andreas Bauch. „Wann ist es denn soweit?"

Andrea lächelt, ein wenig müde. „Zwei Monate noch bis zum Termin."

Kirchenrevolution hin oder her, sie war gewiss eine der wenigen unter den neuen Pfarrerinnen, die ein Kind erwarteten. Es hat sie ja selbst überrascht. Dass man plötzlich an sie herantrat, ob sie Interesse hätte. Und dass sie, kaum dass sie den Kurzlehrgang per Internet absolviert hatte und die Priesterinnenweihe empfing – es ist doch ein wenig etwas anderes, als eine Priesterweihe, darauf hat der Bischof großen Wert gelegt –, kurz darauf feststellte, dass sie ein Kind erwartete. Was sie weniger verwundert hat, wie das Angebot zur Priesterschaft.

Sie wendet sich dem Organisten zu, der mit den Noten in der Hand nun aus der Kirche kommt.

„Schön hast gespielt, Sepp."

„Und du schön gesungen, das klingt gleich ganz anders, wenn eine Frau das macht."

Er eilt zu seiner Tochter hin, die schon ungeduldig an der Hand der Oma zappelt. Die Mutter hat es bei der ersten Welle erwischt, Andrea erinnert sich noch, wie sie den Pfarrer begleitet hat, als er die trauernde Familie besuchte.

Sie sieht sich am Vorplatz um, sucht nach Michael und den Kindern.

Lukas steht neben seinem Vater, beide wirken sie ein wenig verloren, wie sie da so alleine dastehen.

Andrea geht zu ihnen hin.

„Na, hat es euch gefallen?"

Michael gibt ihr einen Kuss.

„Wie die Jungfrau Maria."

„Meinst, sie werden sich dran gewöhnen?"

„Aber sicher. Die meisten. Und die anderen, vergiss die."
Lukas schaut gelangweilt in der Gegend herum. Seine alten
Freunde stehen beisammen, ignorieren ihn aber.

„Sag, Mama", meint er nun, „Wie ist denn das? Kann ein
Pfarrer sein eigenes Kind taufen?"

Ehe Andrea antworten kann, wird sie von Peter
unterbrochen.

„Grüß Gott, Frau Pfarrer. Moderne Zeiten, nicht wahr? Was
meinst, rudern's in Rom wieder zurück, jetzt, wo's vorbei ist?"

Andrea zuckt die Schultern. Sie weiß es wirklich nicht.

„Grüß dich, Peter", sagt Michael. „Wie läuft es bei dir am
Hof, hab ja schon länger nichts von dir gehört. Hast so viel
Arbeit im Moment?"

Peter zögert, macht fast schon einen Schritt weg, dreht sich
dann doch wieder um.

„Weißt, Michael, fein war das nicht. Hast es dir ja schön
gerichtet, wie es uns allen so schlecht gegangen ist."

Michael strafft sich. „Ich hab keinen gehindert, es auch zu
tun. Hätte ich die Hände in den Schoß legen sollen und
jammern wie alle anderen? Ihr habt es ja eh alle nachgemacht,
alle haben gebrannt, was das Zeug hält."

Peter zuckt die Schultern, schaut Michael nicht ins Gesicht.

„Trotzdem. Den Kontakt zum Heer hast du dir geschnappt.
Und keiner hat es so gut hingekriegt wie du."

Michael schmunzelt innerlich. Ja, das mit den
Kräuterhydrolaten, das war seine Spezialität gewesen. Das hat
ihn von den anderen unterschieden.

„Also bin ich jetzt der Aussätzige im Dorf?"

„Ja, irgendwie schon. Wenn die Andrea nicht so eine Klasse
Frau wäre, würde keiner mehr mit dir reden."

Nun muss Michael doch wirklich grinsen. Die
Kräuterhydrolate, die sein Desinfektionsmittel qualitativ so von
den anderen absetzten, das war Andreas Beitrag …

„Der Neid ist eine Todsünde", murmelt Andrea neben ihm.

Peter hat es gehört. „Na, nicht nur Neid. Aber die Überheblichkeit, das mag man hier eben gar nicht. Beziehungen nutzen, dass der Vater noch in ein richtiges Spitalsbett mit guter Pflege kommt, wo alle anderen weggeschickt wurden zum krepieren daheim oder in den Lagern … das ist schweinisch."

„Das hättet ihr anderen auch alle gemacht", wirft Andrea ein. „Ich glaub nicht, dass man uns vorwerfen kann, dass wir unsozial gewesen sind in der Krise."

Michael legt ihr den Arm um die Schulter. Sie braucht sich nicht aufzuregen. Sie kennt doch die Leute. Da heißt es gleich, *alle* und *keiner*, wenn nur ein kleiner Teil was gegen ihn hat.

„Ja, eh klar. Da kann man leicht sozial sein, wenn das Heer einem das Geld hinten reinschiebt. Und deinen Traktor hab ich auch noch laufen gehört, wie alle anderen schon lange mit dem Buckelkorb geerntet haben"

„Peter, das reicht jetzt." Michael will sich das nicht länger anhören. Selbst Peter, sein bester Freund. Das trifft ihn.

Zum Glück tritt in diesem Moment die Wirtin vom Dorfgasthaus zu ihnen.

„Sag, Andrea", sie kichert, „Dürfen wir eigentlich noch Andrea sagen, Frau Pfarrer?"

„Aber sicher." Andrea lächelt, aber Michael sieht die Anspannung um ihren Mund. Sie regt sich immer noch über Peter auf.

„Hört ihr jetzt dann auf mit den Ausspeisungen?"

Michael verzieht das Gesicht. „Ausspeisung ist ein bisserl ein großes Wort, oder?"

Da sie über das Bundesheer manchmal Lebensmittel bekamen, hatten sie immer einiges davon an Bedürftige verteilt. Für Michael ist das eine Möglichkeit gewesen, sein Gewissen zu beruhigen. Denn da hat Peter schon recht, so ganz wohl hat er sich nie mit diesem Handel mit dem Bundesheer gefühlt. Er ist froh, dass das nun langsam ausgelaufen ist, wo alles wieder in seinen gewohnten Gang kommt. Der Vizeleutnant kommt noch von Zeit zu Zeit auf ein Schnapserl vorbei und muss sein Herz ausschütten. Wenn er von den Sachen erzählt, die er in den letzten Jahren mit seiner Kompanie bei den Einsätzen in Graz erlebt hat, ist Michael sehr froh, hier zu leben.

Er schaut Lukas nach, der ziellos über den Pfarrhof schlendert. An ihm merkt Michael am stärksten die Veränderungen. Der Bub ist erwachsen geworden, seit er so viel mit dem Vater die Wirtschaft betrieben hat. Sein Sohn denkt mehr über das Geschäft nach als er, muss Michael sich eingestehen. Tag und Nacht schmiedet Lukas Pläne, just ihn, der noch vor Kurzem so ungeschickt auf dem Traktor war, hat der Technikwahn gepackt. Ernterobotor für Äpfel, das ist sein neuestes Projekt. Damit man nicht wie voriges Jahr mit der Ernte kaum nachkommt, weil es unmöglich war, die billigen Erntehelfer aus dem Ausland zu bekommen. Und selbst in der Region war es nicht so einfach. Die Bauern waren mit der guten Ernte voll ausgelastet, überlastet, oder sie lagen krank darnieder, und Auswärtige … das war noch die Phase, wo fast keiner von daheim weg wollte. Der eigene Bau, der sicherste Ort in dieser bösen Welt …

Andrea rempelt ihn an. Er war so versunken in seine eigenen Gedanken, dass er das Gespräch rundum gar nicht mitbekommen hat.

„Wie?"

„Was du zum Wetter sagst."

Das Wetter … das scheint ihm seit er denken kann das wichtigste Thema im Ort.

„Prächtig ist es."

Peter, der immer noch neben ihnen steht, schüttelt besorgt den Kopf.

„Viel zu früh ist es warm. Und dann kommt wieder der Spätfrost und alles ist hin."

„Ach was." Michael kann die Jammerei nicht mehr hören.

„Dir passt es doch auch nie. Voriges Jahr hatten wir eine Prachternte, da hast du auch gejammert."

„Eh klar! Die beste Ernte seit Jahren in einem Jahr, wo man keine gescheiten Erntehelfer bekommt und die Leute noch immer keine frischen Äpfel wollen … natürlich, wenn man Verbindungen zum Heer hat, dann hat einen das nicht gestört …"

Michael ist versucht, zu sagen: „Dann hättest dich halt rechtzeitig um Kundschaft für deine Äpfel gekümmert", aber er hält sich zurück. Gibt genug Schnapsbrenner in der Gegend, der Peter hat unter damaligen Gesichtspunkten schon recht gehabt, seine Destille zu verkaufen. Als trockener Alkoholiker wäre sonst die Versuchung einfach zu groß gewesen und noch so ein Absturz wie vor fünf Jahren hätte seine Familie zerrissen. Hat ja keiner ahnen können, wie sich die Dinge entwickeln. Das kann man nie. Wenn du Gott lachen hören willst, erzähl ihm von deinen Plänen.

„Hör auf zu jammern. Du wirst sehen, es geht aufwärts. Sie reden ja davon, die Abhängigkeit vom Ausland reduzieren zu wollen. Langfristig gesehen war das ein Gewinn für uns Bauern."

Österreich soll sich selbst versorgen können, autark sein. Das haben jetzt alle Parteien im Wahlprogramm.

„Für dich vielleicht."

„Für uns alle!" Michael ist ungewollt laut geworden. „Du wirst sehen, die Leute werden jetzt viel mehr regional kaufen. Es wird noch dauern, bis die Supermärkte wieder Äpfel vom anderen Ende der Welt bekommen, und bis dahin sind jetzt wir vorne dabei. Jetzt, wo wir alle bio sind."

Peter lacht auf, er klingt bitter. „Glaubst echt, dass wir alle bio bleiben? Es sind schon wieder die ersten Spritzmittel am Markt, sind nur noch zu teuer für uns."

„Also, ich bleib bio."

Das hat er vor ein paar Jahren sich auch nicht gedacht, dass er mal wirklich aus voller Überzeugung bio werden würde.

Alles ändert sich …

Sofie kommt angelaufen, zupft ihn an der Jacke.

„Papa, darf ich zur Resi gehen heut?"

Andrea antwortet statt ihm. „Aber sicher. Aber bevor es dunkel wird, kommst du heim."

Sofie grinst. „Kannst mich abholen, Mama!"

Andrea ruft ihr noch nach: „Morgen ist Schule! Du kommst selber, hast zwei gesunde Füße!"

Zumindest das ist seit ein paar Wochen schon wieder völlig normal. Schule, Hausaufgaben, Verabredungen mit Freundinnen. Die Kinder haben viel nachzuholen nach der Zeit der Isolation.

Wie aufs Stichwort tritt Sofies Lehrerin auf sie zu.

„Das war eine sehr schöne Messe, danke."

„Danke, dass die Kinder so brav mitgesungen haben", erwidert Andrea. Der Schulchor war schon öfter ein Teil der Messe, aber Andrea will das gerne noch mehr steigern. Das Singen tut ihnen allen so gut.

Michael ist froh, endlich dem Gespräch mit Peter zu entkommen. „Und, sind die Kinder brav?"

Sofies Lehrein seufzt. „Die meisten. Aber bei manchen frag ich mich schon sehr, wer deren ganze Aufgaben gemacht hat in den letzten Monaten. Die haben ja keinen blassen Schimmer von den Sachen, die ich ausgeschickt hab."

„Tja ..." Michael lächelt verlegen. In der Zeit, als Andrea so mit der Priesterausbildung beschäftigt war, hat er auch öfter Lukas gebeten, Sofie mit den ganzen Aufgaben zu helfen, die die Lehrerin jeden Tag per Email schickte. Und helfen, bei Lukas, das hieß sicher, dass er es statt Sofie gemacht hat, weil es schneller ging.

Lukas schlendert wieder herbei, die Hände in den Hosentaschen.

„Gehen wir dann? Ist fad da."

Gewisse Dinge werden sich nie ändern, denkt Michael.

SOUTHAMPTON

Ach, ist das herrlich hier. Wenn er gewusst hätte, dass es solch traumhafte Fleckchen in England gibt, da wäre er ja schon längst …

James streckt sich in dem ausgebleichten Gartenstuhl aus und genießt die warme Frühlingssonne. Und dann noch mit so netten Menschen …

„James?!", kreischt es aus dem Bauwagen hinter ihm. „James! Wo sind meine Handschuhe? James? Hörst du mich nicht? Du brauchst ja noch länger zum Reagieren, als wenn du in London säßest. James!"

Er lächelt entschuldigend zu Simon, der neben ihm sitzt.

„Komme gleich", sagt er leise zu dem schlanken Mann mit den sanften braunen Augen.

„Komme schon!", brüllt er zum Bauwagen. Dass Mutter sich auch noch so gar nicht in ihrem neuen Zuhause zurechtfindet. Oder täuscht das? Denn eigentlich, also er hat so das Gefühl, dass sie ihn nur aus Vergnügen so drangsaliert. Vielleicht hat sie auch etwas dagegen, dass er und Simon … ach, es ist ja so romantisch, das Ganze. Und so aufregend! Natürlich ist Mutter nicht begeistert gewesen, hierher zu ziehen, am Anfang, aber nun gefällt es ihr hier immer besser, da ist er sich sicher, er hat sie ja beobachtet, wie sie mit dieser anderen alten Dame gestern stundenlang über die Rosen und das Gemüse geplaudert hat, selten hat er sie so begeistert erlebt. Und die frische Luft tut ihr auch gut, sie wirkt mit ihren roten Bäckchen um gute zwanzig Jahre jünger, womit sie immer noch eine alte Schachtel wäre, aber … nein, so darf er nicht denken, denn dann wäre er ja ein alter Mann, schließlich ist er nur zwanzig Jahre jünger als die Mutter und er fühlt sich doch gerade so jung und spritzig, wer sagt denn, dass man mit Mitte sechzig nicht noch spritzig sein kann …

Er steigt beschwingt die Treppe zu ihrem Bauwagen hoch. Simon beobachtet ihn, das spürt er, deshalb gibt er dem ganzen einen leichten, kessen Hüftschwung und wie zur Bestätigung hört er Simon leise glucksen.

„Hier, Mutter", sagt James und reicht ihr die Handschuhe, die gut sichtbar neben der Türe auf dem schmalen Regal liegen. Der Bauwagen ist so klein, eigentlich sieht man alles auf den ersten Blick. Wie gut, dass er manchmal zu Simon flüchten kann, denn rund um die Uhr mit Mutter …

„Was sagst du, James? Soll ich das hier oder das hier anziehen?" Sie hält ihm zwei Hüte entgegen, furchtbar altmodische Dinger, einer scheußlicher als der andere in James' Meinung. Aber seit Mutter die Kleiderstube entdeckt hat, wo alle Bewohner des Ökodorfes Kleidung hingeben, die sie nicht mehr benötigen und sich holen, was sie brauchen können, scheint Mutter in einen Moderausch verfallen zu sein. Leider hat sie nicht seinen guten Geschmack geerbt. Oder richtiger gesagt, er hat seinen guten Modegeschmack gewiss nicht von ihr geerbt … Er deutet auf den hässlicheren der beiden Hüte, wobei es ein knappes Rennen ist. Schade, dass Pamilla nun gestorben ist, sie war so ein Fixpunkt in seinen Shows mit ihren scheußlichen Kopfbedeckungen, da wären diese Hüte eine wahre Inspiration. Aber es ist sowieso fraglich, ob sich in ein paar Monaten noch jemand für seine Punch&Judy Programme interessieren wird. Oder, was auch möglich ist, ob er sich noch dafür interessieren wird, denn es bieten sich hier so viele neue Möglichkeiten … alleine deswegen wird er seiner Puppenshow ewig dankbar sein, ohne Punch&Judy wäre er nie hierhergekommen.

„Brauchst du noch was, Mutter?"

„Nun, wenn du schon da bist … Ich muss hinüber, in den

Gemeinschaftssaal, Babette und ich wollen ein Liedchen einstudieren für die Geburtstagsfeier am Sonntag." Sie kichert wie ein kleines Mädchen. „Vielleicht auch ein Tänzchen." Sie wackelt mit ihren runden Hüften, träumerische kleine Trippelschritte wie ein Chachacha aus alten Filmen, fehlen nur die Rasseln in ihren Händen …

„Sehr schön, Mutter. Soll ich dir die Treppe hinunterhelfen?"

„Das wäre sehr nett, ja."

Sie blüht richtig auf hier, stellt James fest. Kein Wunder. Niemand ist gerne einsam.

Sie sind erst eine Woche hier, aber er kann es sich schon nicht mehr vorstellen, nach London zurückzukehren, in die Enge seiner Wohnung in Kensington. Nicht nur wegen Simon, obwohl das auch eine große Rolle spielt, die Hauptrolle, möchte er fast sagen, aber auch die Bühnendekoration dieses Stückes ist großartig, all die Natur um die kleinen entzückenden Häuser aus Lehm und Stroh, die umgebauten Bauwägen, das alte Haupthaus … warum hat er nur nicht früher schon gewusst, dass es so etwas wie ein Ökodorf gibt, in dem das Leben so angenehm scheint? Gewiss, hier wird ihm bald die Motivation für Punch&Judy fehlen, woher die Inspiration nehmen, wenn man glücklich ist? Gutes Kabarett lebt von Missständen und Unzufriedenheit und im Moment ist er äußerst zufrieden, das muss er schon sagen …

Er sieht seiner Mutter nach, die mit ihrem Stock und den kleinen Trippelschritten zum Haupthaus watschelt und setzt sich wieder neben Simon.

Sie lächeln einander an.

„Nun denn, alter Freund, so lass uns denn das Glas erheben", zitiert James aus einem Stück, das er vor Ewigkeiten in der Schule gespielt hat, er kann sich nicht mehr an den Titel erinnern, nur an diese Szene.

„Und ewig seien wir verbunden, in diesem und in jenem Leben", führt Simon das Zitat fort.

Ach, sie haben damals schon so viel Gefallen aneinander gefunden, ewig ist das her, sich so lange aus den Augen verloren dazwischen … wer hätte gedacht, dass dann Punch&Judy … ihm war Simon unter den vielen, vielen Kommentaren aufgefallen, seine witzigen Bemerkungen, seine Zitate. Nicht wissend, dass Simon Simon war, hat er auf einen der Kommentare geantwortet, und nicht wissend, dass James James war und schon gar nicht, dass er Punch&Judy war, hat Simon geantwortet und dann … und jetzt sitzen sie hier, es war gar nicht so einfach, mit Muttern von London hier in den Süden zu kommen, immer noch all diese strengen Kontrollen, überall Temperaturmessungen und diese enervierenden Fragen, obwohl doch nun ohnehin schon seit zwei Monaten kein neuer Fall mehr war …

„Und, James, machst du es?"

Simon lächelt immer so freundlich, dass James schmelzen möchte, er könnte ihn um alles bitten, und er wäre gerne bereit, es zu tun.

„Natürlich. Du weißt doch, wie sehr ich Kinder liebe. Das waren beinahe meine schönsten Zeiten, als Clown auf Kindergeburtstagen, also abgesehen jetzt von den wirklich guten Rollen, aber Kinder sind nun einmal die Zukunft."

„Ich erinnere mich an deinen Malvolio, göttlich", sagt Simon und James fühlt, dass er errötet.

„Ach", meint er mit einer wegwerfenden Handbewegung, „das ist doch ewig her. Ich hätte glaub ich gar nicht mehr die Nerven für die großen Bühnen."

„Aber du hast die Liebe zur Literatur und das wird den Kindern gut tun. Du hast ja gesehen, dass unsere Schule so ganz anders arbeitet als wir es gekannt haben. So viel Theater und Handwerk, ehrlich, manchmal tut es mir richtig leid, dass ich nicht wieder ein Schüler sein kann!"

Simon lacht, ach, diese Grübchen, die sich an seinen Wangen bilden, James kann nicht den Blick abwenden.

Ist es nicht egal, denkt er sich, was draußen in der großen

Welt geschieht? Ist nicht das Einzige, das für jeden von uns zählt, das, was in unserer unmittelbaren Umgebung passiert? Ist das nicht auch das Einzige, von dem wir ein wenig Gewissheit haben können, dass es wahr ist?

All diese Falschmeldungen die letzten Jahre, all die Zensur. Er versteht ja, dass es im Sinne der Sache war, Panik so weit wie möglich zu vermeiden, aber wo ist die Grenze? Die Grenze zwischen Nachrichten steuern und Dinge verschweigen, wie es die Medien die ganze Zeit getan haben, und die Bevölkerung anlügen? Welchen Nachrichten kann man noch vertrauen? Sogar seine Punch&Judy Beiträge musste er zuletzt mit irrwitzigen Titeln versehen, weil selbst Dinge wie „Situationsbericht", „Heute in London" oder „Punch ist krank" sofort wieder vom Server verschwanden. Irrwitzigerweise blieben seine Sendungen online, wenn er ihnen Titel gab wie „Mann schlägt Frau" oder „Kindes-entführung". Irgendwann hat er sich einfach auf „Kochrezept für Punch" und eine Nummer dahinter festgelegt.

Das ist auch einer der Gründe, warum er froh ist, nun etwas anderes zu machen. Der Mensch braucht Veränderung. Er wird ein guter Lehrer sein, und an den Festtagen, soll sein auch zu Kindergeburtstagen, ein kurzer Schauder läuft seinen Rücken hinunter, da wird er Punch und Judy aus ihrer Schachtel holen und den Kindern etwas vorspielen.

Er lässt seinen Blick schweifen. In ein paar Minuten werden sie mit ihren Sesseln ein Stückchen wandern müssen, wenn der Schatten auf ihren Sitzplatz fällt. Aber noch ist es fein, die Sonne zu genießen und den fleißigen Menschen zuzusehen, die hinten auf den Feldern arbeiten. Er ist so ein Stadtkind, er hat ja gar keine Ahnung, wie man so etwas macht. Aber diese jungen Leute dort bewirtschaften schon seit Jahren das ganze Dorf mit ihren Pferden, bestellen die Felder und versorgen die Gemeinschaft mit frischen Nahrungsmitteln. Viel Karotten, Zwiebel und Erdäpfel, ist ihm schon in den letzten Tagen bei den gemeinschaftlichen Mahlzeiten aufgefallen, dazu bekommt auch jeder ein Gläschen einer rachenverbrennenden scharfen Flüssigkeit, die ihnen angeblich als natürliches Antibiotikum durch die Krise geholfen hat. Er hat nicht gefragt, wie viele schwere Fälle sie hatten, das wäre unhöflich, nicht wahr? Mutter auf alle Fälle stürzt ihr Gläschen jeden Tag hinunter, leckt sich die Lippen und faselt etwas von seligen Erinnerungen an die Kochkünste ihrer Oma, aber nun ja ... er selbst würde lieber den Kurkumahonig der Kinder zu sich nehmen, sein empfindlicher Magen hat es nicht so mit scharfen Dingen, scharf mag er nur anderwertig ... er lächelt Simon an.

Simon sagt, dass es in den nächsten Jahren sicher einen Boom geben wird, was solche Gemeinschaften wie die ihre betrifft, sie können sich im Moment den neugierigen Besuchern kaum erwehren. Vor ein paar Monaten hätte James diese Leute wohl verrückt genannt, mit ihrem Getue um die Natur und Gaia und ihrer fast mittelalterlich anmutenden Lebensweise, aber er kann nicht leugnen, dass alle hier recht gesund und zufrieden wirken. Und wie viel netter ist es, hier zu sitzen als einsam in London, wo nach wie vor jeder in jedem eine Gefahr sieht, wo die Wirtschaft so gelitten hat, dass es wohl lange dauern wird, bis sie wieder das Niveau von vor der Krise erreicht haben ...

„Noch ein Tässchen?", fragt Simon und unterbricht seine Gedanken. Er reicht James eine Tasse Schwarztee, niederknien könnte James dafür. Obwohl er weiß, dass dies kein echter Schwarztee ist, denn echten Schwarztee aus China oder Indien oder sonstwo gibt es derzeit nur zu astronomischen Preisen, doch es schmeckt fast wie Schwarztee, diese fermentierten Brombeerblätter, und James fühlt sich sogleich wieder mehr wie ein Mensch, wie ein echter Brite, seit er in diesen Genuss kommt. Die Identität unserer Nation hängt an diesem Getränk.

Ihre Finger berühren sich. Ach, wie das prickelt!

Wie viel besser geht es ihm doch, jetzt, wo man sich wieder berühren will.

Sie beugen sich zueinander, diese wunderschönen warmen Augen, versinken könnte er darin, dazu diese sinnlichen

Lippen, wie kann jemand, der ein Faible für Zahlen und Mathematik hat, solch sinnliche Lippen haben? Immer näher kommen diese Lippen und James spürt einen Schauer durch seinen ganzen Körper laufen.

„James! Wo bist du denn schon wieder!"

Sie fahren auseinander, ertappt wie damals auf der Toilette im Abschlussjahr.

Simon kichert.

„Was ist Mutter? Ich bin immer noch hier."

Sie ist wirklich ein Unkraut, das nicht vergeht.

NEW YORK STATE

„Schön vorsichtig, Doug. Mit Gefühl."

Geschickt ist er, sein Junge. Das gefällt Hank. Wird noch ein guter Arbeiter, wenn er erst mal ein paar Muskeln ansetzt.

Er betrachtet den metallenen Haken, den Doug gerade geschmiedet hat. Gute Arbeit. Und Muskeln wird er rasch bekommen, wenn er weiter so fleißig ist.

Doug hängt sich an den großen Blasebalg, der Luft in die Esse bläst. Es ist ein Glück, dass sie auf diese alte Schmiede gestoßen sind. Als Doug im Winter krank wurde – Hank ist halb wahnsinnig geworden, als alles, was er an Medikamenten eingelagert hatte, nicht und nicht greifen wollte und das Fieber immer höher stieg. Hat er dem Jungen natürlich nicht gezeigt. Dass er Angst hatte. Braucht ein Kind nicht merken. Aber das war so der Moment, wo ihm schon bewusst wurde, sich alleine einbunkern ist schön und gut, Vorräte haben auch, aber was macht man in so einer Situation, wenn man Hilfe braucht? Er konnte den Jungen doch nicht alleine lassen. Aber mit einem hoch fiebernden Kind durch Schnee und Wind stapfen, auf der Suche nach einem Arzt?

Hat er im Endeffekt dann gemacht, was blieb ihm übrig. War logisch, dass sie niemand aufnehmen wollte in dem kleinen Dorf weiter unten, wieso hätten sie auch sollen. Aber eine gütige Alte, die bei der Straßensperre saß und strickte, hat ihm ein paar Medikamente zugesteckt, die überraschenderweise wirkten. Vielleicht war es auch Gott, der Doug gesund werden ließ. Oder der Marsch durch Schnee und Wind, vielleicht hat ja die eisige Luft die Krankheit abgefroren.

Auf alle Fälle, Doug wurde gesund und sie sind später zurück zu dem Dorf, als die Lebensmittel knapp wurden und auch Wild immer seltener vor ihre Büchse lief. Hank hatte bei der Planung ja nicht damit gerechnet, dass die Krise so lange dauern würde, in seinen Gedankenspielen hat es immer einen raschen und totalen Kollaps gegeben und er hat danach voll Elan aus den Trümmern der Zivilisation eine neue, bessere Welt aufgebaut …

Er schlägt mit dem Hammer gekonnt auf das glühende Stück Eisen, das Doug ihm mit der langen Zange auf den Amboss legt. Seine Finger sind inzwischen schon wieder so ölig schwarz wie in Zeiten der Fabrik. Nur dass die Arbeit hier härter ist, viel härter noch als am Fließband. Körperlich härter.

Das ist seine Fähigkeit, das Können, das ihnen Einlass in dieses Dorf verschaffte. Jeder, der hier leben will, muss etwas Sinnvolles können, sagen sie. Wir haben keine Lust, Schmarotzer und Taugenichtse durchzufüttern in Zeiten wie diesen.

Auch das war wohl Gottes Fügung, dass der alte Schmied gestorben ist. Der eine geht, der andere kommt. Und man kannte Hank ein bißchen, von davor. Er ist ja kein Fremder, war öfter hier, während er sein Refugium im Wald heimlich aufbaute. Als Fremder kannst du es vergessen heute.

Er dreht den glühenden Stab, schwingt erneut den Hammer. Gibt genug zu tun. Immer genug zu reparieren. Gibt ja vieles nicht mehr zu kaufen, um kein Geld der Welt. All den China Plastikschrott. Um den ist es nicht schade.

„Dad?" Doug hat sich auf die alte Werkbank gesetzt, seine Stimme ist laut, um das Hämmern zu übertönen.

Hank mag den Klang des Hammers, ein ehrlicher Klang.

„Was, Doug?"

„Können wir mal in die Stadt?"

Der Junge sagt es zwar nicht, aber Doug weiß, dass er meint: „Zu Mom."

Fast zwei Jahre ist der Junge nun bei ihm. Hank hat keine Ahnung, was aus Sarah geworden ist. Ihr Handy ist schon lange nicht mehr erreichbar. In seinen Träumen stellt er sich vor, dass sie mit ihren hübschen blauen Augen und den roten Lippen einen reichen, attraktiven Mann betört hat, der sie gut durch die Krise gebracht hat.

„Vielleicht, Doug. Wenn alles vorbei ist."

Sarah bindet sich Grace mit dem langen Tuch auf den Rücken. Nur langsam nimmt das Kind an Gewicht zu. So ein zartes Mädchen. Doug konnte in dem Alter schon stehen. Bei Grace wird es noch ein Weilchen dauern. Wen wundert es, nie genug zu essen … Unter ihrem Gewand, das Sarah für das Kind bei einer der Kirchenstellen bekommen hat, trägt Grace ein dünnes Kettchen mit einem Kreuz. Jedesmal, wenn Sarah dieses Kettchen sieht, denkt sie an Elaine, die es dem Kind geschenkt hat. Ohne Elaine hätte sie die erste Zeit nicht geschafft. Einfach mitgenommen hatte die Alte sie, nach der Taufe, nach diesen denkwürdigen Stunden in der Kirche. In ihre winzige Wohnung. Sarah wird ihr ewig dankbar sein. Sie hat auch vollstes Verständnis dafür, dass sie dann weg musste, als Elaines Sohn mit seiner Familie einzog. Das eigene Blut geht vor, immer schon, und in Zeiten wie diesen ganz besonders.

Und sie hat sich und Grace ja so gut es geht durch die letzten Monate gebracht. Sarah fährt sich mit den Fingern über die Augenbrauen. An das Wie will sie lieber nicht denken, das hat sie ganz nach hinten in ihr Gedächtnis geschoben und dann die Türe verschlossen. Lieber in die Zukunft schauen, nicht in die Vergangenheit. Der Herr ist mein Hirte, mir wird nichts mangeln.

Sie hat Hoffnung, dass dies nun das letzte Stück ihrer Reise ist. Sie kann wirklich eine Pause brauchen. Auch wenn die Frage ist, ob dieses Ziel tatsächlich die Endstation darstellt oder nicht.

Grace auf ihrem Rücken brabbelt munter vor sich hin, während Sarah mit frischer Hoffnung ausschreitet. Es ist nicht mehr weit. Sie ist schon so weit marschiert die letzten Tage, dieses kurze Stück schaffen sie auch noch.

Weise mir, Herr, deinen Weg, dass ich wandle in deiner Wahrheit.

Sarah beginnt zu singen, wie sie es jeden Tag tut, um Müdigkeit, Hunger und Einsamkeit zu vertreiben. Es ist Graces Lieblingslied, Amazing Grace, was sonst.

„Hank?"

Die alte Joanna steckt ihren Kopf bei der Werkstatttüre herein. Aus ihrer Schürzentasche ragt ihr Strickzeug heraus, sie strickt immer, scheint es Hank.

Er legt den Hammer ab, deutet Doug, das Radio leiser zu stellen. Dort wird gerade „Star-spangled banner" gesungen, zur landesweiten Feier des Virus Victory Days.

„Was gibt's?"

„Du sollst sofort zur Sperre kommen."

Joanna sitzt Tag für Tag in dem kleinen Hüttchen, das neben der Absperrung der Hauptstraße steht. Auch wenn es offiziell kein Reiseverbot mehr gibt, der kleine Ort hat seine eigenen Regeln aufgestellt und ist gut damit gefahren. Man muss sich nicht alles von den Typen da oben vorschreiben lassen. Wenn sie finden, dass ihr Ort weiterhin selbst bestimmt, wer ihn betritt und wer nicht, dann tun sie das. Dies ist ein freies Land, immer schon gewesen. Was in Washington oder Albany beschlossen wird, muss noch lange nicht hier draußen gelten. Sie haben alle die Nachrichten aus Texas gehört, alle fanden das eine gute Sache.

Hank nickt. Hat das Scharnier, das er für den Schranken gemacht hat, also doch nicht gehalten.

„Nimm den Werkzeugkoffer, Douglas."

Der Junge springt von der Werkbank, zieht den schweren Koffer darunter hervor.

Joanna lächelt ein eigenartiges Lächeln. „Nun mal langsam, Junge. Wird wohl reichen, wenn du kommst. Brauchst keinen Hammer, schätze ich."

Sie geht voraus, Hank und Doug folgen ihr. Schon von Weitem sehen sie Ben, seinen breiten Rücken, breitbeinig, das Gewehr quer vor der Brust. Den zweiten Mann in seinem versteckten Ausguck am Hang kann man von hier nicht erkennen, aber wie Ben sein Gewehr hält, ist ein Code für ihn.

Doug neben Hank kichert. Es begeistert ihn immer noch, wenn Ben so tut, als wäre er ein gefährlicher Ex-Marine. Dabei ist er der lustigste Kerl, wenn sie alle Flag-Football spielen. Hank sieht zu Doug hinunter, auch er grinst. Obwohl er sehr wohl weiß, dass Ben tatsächlich ein gefährlicher Mann sein kann. Ihn wütend zu machen, würde er keinem raten. Ben zählt sich selbst zu jenen, die hier für Recht und Ordnung sorgen. Für seine Ansicht von Recht und Ordnung.

„Was gibt's", ruft Hank schon von Weitem.

Ben macht einen Schritt zur Seite, wendet sich Hank zu. „Die behauptet, sie kennt dich?"

Hank stockt im Gehen.

Bleibt stehen.

Doch Doug rennt los, kriecht unter dem Schranken durch, ehe Ben ihn aufhalten kann.

„Mom!"

Der Junge fällt der dünnen, verdreckten Frau um den Hals.

Sarah verliert beinahe das Gleichgewicht. Der Herr hat sie geleitet, sie ist zu ihrem Sohn zurückkehrt! Groß ist er geworden, so groß und dünn! Es ist nur eine Vermutung gewesen, dass hier jemand etwas über Hank und Doug wissen könnte, es war der nächste Ort zu Hanks Dachsbau und sie ist selbst einmal hier gewesen, als sie noch zusammenlebten … Tränen rinnen ihr übers Gesicht, sie bekommt kaum Luft vor lauter Freude und Erleichterung. An sich drücken möchte sie ihn, nie wieder loslassen, ihren großen Jungen.

„Sarah?!"

Hank kann es nicht glauben. Das ist Sarah? Bei Gott, er hat sie anders in Erinnerung. Wo sind die vollen Brüste hin, die hübschen Kleider?

„Du kennst sie also?", fragt Ben.

Hank nickt. „Ist meine Frau. Douglas' Mutter."

„Hab ich mir schon gedacht", sagt Ben.

Für einen kurzen Moment sagt keiner ein Wort. Man hört nur Sarahs Schluchzen.

Die alte Joanna kramt ein Taschentuch aus ihrer Schürzentasche, schnäuzt sich.

„Dann mach schon auf, Ben", sagt sie.

Ben steigt von einem Bein auf das andere.

„Nein. Auf keinen Fall. Ihr kennt die Regeln."

„Ach, Scheiß auf deine Regeln, Ben! Das ist meine Frau!" Hank kann es nicht fassen.

Er hat den falschen Ton erwischt. Ben baut sich vor ihm auf. Er ist ein großer Mann, Ben.

„Du kennst die Regeln! Keiner kommt hier rein, nur raus kannst du jederzeit."

Hank entgeht nicht der Unterton in Bens Stimme. Jetzt nur kein falsches Wort, Schmied hin oder her.

Joanna piekst Ben leicht mit ihren Stricknadeln in den Oberarm. „Junge, mach dich nicht lächerlich. Heute ist Virus Victory Day, der Spuk ist vorbei."

Doch Ben bleibt stur. „Das mag für den Rest des Landes gelten. Hier gelten unsere Regeln."

Hank seufzt. Er wird sich nicht mit einem Kerl streiten, der eine Waffe in der Hand hält.

Sarah ist unsicher. Warum öffnen sie nicht den Schranken? Doug hält sie an der Hand, zieht sie in Richtung von Hank, doch Ben stellt sich ihnen hinter dem Schranken in den Weg.

„Nur mal langam, Doug. So einfach geht das nicht."

Sarah spürt Angst ihre Kehle hochsteigen. So nahe am Ziel. Herr, lass mich nicht wanken …

„Aber das ist meine Mom!", sagt Doug flehentlich.

„Das glaube ich ja. Aber du kennst die Regeln. Keiner kommt hier rein, ohne vorher in Quarantäne zu gehen."

Bens Kopf deutet zu einem alten Container, der etwas außerhalb des Ortes neben der Straße steht.

Sarah lacht hysterisch auf. „Aber es gibt keinen Virus mehr! Ich habe es doch im Radio gehört! Hank, sag doch etwas!"

Grace auf Sarahs Rücken wacht auf, sie beginnt zu weinen. Plötzlich legt sich Schweigen über die kleine Szenerie. Hank, der soeben etwas sagen wollte, erstarrt. Doug macht einen Schritt nach hinten, zupft an dem dünnen Tuch, das Grace vor Sonne und Wind schützt.

„Du hast ein Baby! Wie heißt es?"

Sarah sieht, wie Hank blass wird.

„Grace", flüstert sie auf Dougs Frage.

Hank wendet sich wortlos ab und geht.

„Ein Mädchen! Heißt das, ich habe eine Schwester?"

Sarah nickt. Sie fühlt sich furchtbar schwach.

Joanna erzählt Hank danach, dass man Sarah in den Container geschickt hat. Doug muss bei ihr bleiben, nachdem er sie umarmt hat. Zwei Wochen.

Wie es die Regeln bestimmen.

„Keine Sorge", sagt Joanna. „Es geht ihnen gut. Darum kümmer ich mich schon, dass sie ordentlich versorgt werden."

Hank nickt.

Joanna zögert, ehe sie geht. „Ich hoffe, sie hat Fähigkeiten die wir im Dorf gebrauchen können, damit sie vom Rat akzeptiert wird. Sie sieht nett aus."

Hank nickt erneut.

Seine Schläge auf den Amboss hallen den Abend über bis zum Container.

Niemand soll seine Tränen sehen.

LOS ANGELES

Catalina zieht sich in den Waschraum zurück. Virus-Victory-Day, so eine verkackte Scheiße. Selbst ein Feuerwerk wollen sie machen heute Abend, haben die noch alle Tassen im Schrank? Führen sich auf, als hätten sie einen verdammten Krieg gewonnen, dabei ist von Impfung noch keine Rede, die Impfung wird in drei Monaten kommen, heißt es jetzt seit einem Jahr. So wichtig scheint das denen nicht mehr, einen Impfstoff zu entwickeln. Ist ja auch so zu Ende gegangen. Die Welt, ihre Welt, liegt in Trümmern, wenn sie sich so umsieht.

Scheiß auf alles.

Sie wäscht sich die Hände. … siebzehn, achtzehn, neunzehn, zwanzig. Wird es je wieder eine Zeit geben, wo man beim Händewaschen nicht bis zwanzig zählt?

Dienstschluss, endlich. Sie muss es nur noch schaffen, aus der Station rauszukommen, ohne dass ihre euphorischen Kollegen sie aufhalten.

Sie hält ihre Hände erneut unter den Wasserhahn, Wasser ist ein Freund. Schwemmt Bakterien weg und Viren. Wasser kann man berühren, es ist weich und zärtlich, wenn es aus der Leitung kommt, voller Chlor und Ozon.

Die Türe zum Waschraum öffnet sich, Angelina kommt herein.

„Na, machst dich schön für die Party, Catalina Schätzchen? Wenn du magst, ich habe noch etwas Lidschatten."

Catalina hebt den Kopf und blickt in den Spiegel. Neben dem strahlenden Bild der Blondine mit dem sorgfältig geflochtenen Zopf glotzt ihr ihr eigenes Gesicht entgegen.

Gott, was ist sie alt und hässlich geworden.

Sie zwingt ihre Lippen zu einem Lächeln, nun, es ist mehr eine Grimasse, passend zu ihrem Zombiegesicht. „Ja, sicher. Schönheit ist alles, nicht?"

Angelina tupft sich etwas Wasser auf die Schläfen, beißt sich auf die Lippen und kneift sich in die Wangen. Sie wirft sich ein umwerfendes Lächeln im Spiegel zu.

„Nun, nicht alles, aber schaden kann es nicht. Stell dir vor, ich hab gestern einen kennengelernt, oh, dem sein Foto sieht unglaublich heiß aus."

„Und dann ist er ein fetter Diabetiker im Rollstuhl."

Ehrlich, fallen die Leute immer noch auf geschönte Fotos rein? Sie verbeißt sich ein Lachen. Das kann ja jetzt dann lustig werden, wenn all diese Menschen, die die letzten Jahre per Internet die heißesten Beziehungen hatten, sich endlich persönlich kennenlernen.

„Und? Ehrlich, eigentlich ist mir das egal. Er lebt in Alaska, so schnell werden wir uns nicht persönlich begegnen, aber du kannst dir nicht vorstellen, was er drauf hat. Der hat mich sowas von heiß gemacht …" Sie wirft Catalina einen mitleidigen Blick zu. „Sowas würde dir auch mal nicht schaden. So ein bisschen Telefonsex. Da geht echt die Post ab." Angelina kichert. „Und man muss weder Angst vor Ansteckung noch vor Schwangerschaft haben!"

Sie schwebt wieder aus dem Waschraum. Schlichte Gemüter haben es gar nicht so schlecht, denkt Catalina.

Viel länger kann sie sich wohl auch nicht hier verstecken. Sie nimmt noch einen großen Schluck aus ihrem Flachmann. Na, dann tun wir doch mal so, als würden wir von diesem Vivi-Day begeistert sein …

Die Kollegen stehen im Aufenthaltsraum, manche haben ihre Partner mitgebracht, ein paar Kinder sausen herum. Es gibt sogar ein Buffet, nicht gerade üppig, aber immerhin, der Versuch zählt. Die meisten Sachen sind von Hill-Fahrten, wie sie es nennen. Hoffentlich hören die nun endlich auf.

Die ganzen letzten Monate hat man Catalina keine echten Notfälle mehr fahren lassen. Sie sei nicht belastbar, hieß es, so ein Scheiß, PTSD mein Arsch. Im Gegenteil. Es war die Langeweile, die sie in den Wahnsinn trieb. Wie ein Geier stürzte sie sich auf jeden Notruf, wo sie als First Responder in Frage kam. Je blutiger, desto besser. Alles besser, als die reichen Schnösel aus Beverly Hills zu kutschieren. Sie waren keine Rettung, sie waren ein glorifizierter Taxiservice geworden. Für jene, die es sich leisten konnten, bei jedem drückenden Furz sich zu einem Arzt führen zu lassen, oder in die zwei Privatkliniken, die sich die gesamte Zeit hindurch dem Pöbelansturm widersetzt hatten und Kohle ohne Ende gescheffelt haben, sie hat die dicken Geldbündel gesehen. Mit denen man nur noch am Schwarzmarkt etwas anfangen konnte.

Ihre Hand fährt zu der flachen Metallflasche in ihrer Jackentasche. Immerhin. Manches an der Bezahlung in Naturalien war ja brauchbar. Sie hat es immer schon gewusst, die waren nicht reich und schön, die waren reich und stoned. Das harte Zeug hat sie nicht angerührt, was man ihr anbot. Völlig bescheuert ist sie ja nicht. Das hat sie ihrem Bruder weitergereicht und der hat es am Schwarzmarkt verkauft. Guter Junge. Hat die Familie erhalten. Den Rest der Familie. Aber jetzt soll er unbedingt aufhören damit, findet sie. So lebenswichtig die Dinge waren, die sie dadurch erhielten, jetzt wird es zu gefährlich. War es vorher schon, ist kein Sonntagsspaziergang, mit den Gangs und alles, und jetzt fängt die Polizei auch wieder an, sich einzumischen …

Am liebsten würde sie noch einen Schluck aus ihrem Flachmann nehmen. Besser als das komische Zeug, das ihr da entgegengehalten wird. Was soll das sein?

Sie nimmt einen Schluck von dem, was wohl der missglückte Versuch eines Punschs ist und eher wie Des-infektionsmittel schmeckt.

Steve, der Kollege, mit dem sie die ganze Zeit in die Hills fährt, prostet ihr zu.

„Victory Day, Catalina! Wir haben es geschafft!"

Aber sicher. Sie lächelt verkrampft zurück. Sehnt sich nach der Zeit, als sie mit Joe fuhr. Der steht am anderen Ende des Raums, lächelt zu ihr her.

Catalina wendet sich ab. Sie kann Joe nach wie vor nicht ansehen, ohne sofort jenen Moment wieder zu erleben, als sie über seine Schulter hinweg den Mann erschoss. Der Knall. Das erstaunte Gesicht. Das Zusammensacken.

Sie quält sich noch eine Viertelstunde durch das Fest. Das, was sie Fest nennen. Ein laufender Fernseher mit der Ansprache des Präsidenten, die Hymne samt Kampfjets, die übliche patriotische Scheiße. Dann Musik aus dem Radio, schaler Punsch und trockener Kuchen.

Sie ist der Loser, oder? Alle anderen sehen fröhlich und zuversichtlich aus, schwatzen ausgelassen.

Catalina schleicht sich davon, sobald die Ersten beginnen zu tanzen.

Überall wird heute gefeiert. Selbst in den Vierteln, in die man lange Zeit nicht hineinfuhr, wenn man nicht lebensmüde war. Party, Party, Baby.

Catalina geht die Straße entlang, schiebt sich an lachenden Menschen vorbei. Man könnte wirklich glauben, sie hätten einen Krieg gewonnen. In dem Fall würde man ihr vielleicht eine Medaille verleihen. Aber so …

Und weiter? Was wird weiter? Was soll schon werden. Sie wird den Rest ihres Lebens kranke Leute durch die Gegend führen. Sie wird den Rest ihres Lebens die Bilder nicht aus dem Kopf bekommen, von dem Stadion, wo die Kranken einer neben dem anderen am Boden lagen, in ihrem eigenen Dreck, ohne Ärzte, ohne ausreichende Sanitäranlagen, gerade mal mit dem nötigsten an Essen versorgt, dass sie nicht sofort verhungern. Sie hat den Eltern vorgespielt, dass Onkel Ricardo gut untergebracht war, obwohl sie wusste, dass die Klinik, in der er lag, nicht viel besser war. Am Ende hieß es, er wäre an einem Unterzucker gestorben. Pech, als Diabetiker. Sie wird auch den Rest ihres Lebens nicht vergessen, wie nutzlos sie sich gefühlt hat. Wozu hat sie all das gelernt, die ganze Sanitäterausbildung, wenn sie dann nicht die Mittel hatten, zu helfen? Was soll man tun, ohne Antibiotika, ohne Medikamente?

Und den Rest ihres Lebens wird sie nicht vergessen können, dass sie eine Mörderin ist.

Den Rest ihres Lebens …

Wie lange ist das noch?

Sie ist siebenundzwanzig. Noch vierzig Jahre? Fünfzig? Oma wurde dreiundachtzig.

Catalina geht an Chinatown vorbei, nimmt erneut einen großen Schluck aus ihrem Flachmann. Ein edler, alter Scotch, nur damit sie diesen Star der zweiten Liga in die Privatklinik brachte. Völlig vergeudet an ihr, eigentlich. Ihr ist der Geschmack egal. Hauptsache, es wirkt.

Chinatown ist eine Geisterstadt. Nur ein paar zwielichtige Gestalten huschen durch die Straßen, zwischen den ausgebrannten Ruinen hindurch. Von Zeit zu Zeit fahren in den letzten Wochen große Reinigungswägen hindurch, jene, mit denen sie während der Krise versucht haben, die Stadt zu desinfizieren oder zumindest den Virus zu Boden zu zwingen, damit er sich nicht so in der Luft verteilte. Jetzt sprühen sie irgendwelches Gift, um der Rattenplage Herr zu werden. Dann kann es eigentlich nicht so schlimm gewesen sein, denkt Catalina. Die Ratten haben das Schiff nicht verlassen, also sinken wir nicht.

Sie würde gerne Jamila anrufen, Jamila hat so eine Art, die ihr gut tut. Aber sie hat kein Telefon mehr, man hat es konfisziert. Weil sie eine Zeit lang Fotos gepostet hat, immer wieder. Fotos von Unfällen, Fotos von Spuckern, von den Zuständen in den Spitälern.

Wahrscheinlich hätte man sie eingesperrt, aber man sperrte nur noch die wirklich schweren Verbrecher ein. Sie möchte gar nicht wissen, was da so alles frei herumläuft.

Aber den Rest ihres Lebens ist das nun in ihrer Akte vermerkt: Anstiftung zur Aufruhr.

Schon wieder, den Rest ihres Lebens.

Ihres verschissenen, beschissenen Lebens.

Wenn sie das damals gewusst hätte, sie hätte sich diesem Bernd angeschlossen und wäre mit ihm nach Europa. Was auch immer für ein unterentwickeltes Drecksloch dieses Österreich sein mag. Der hat es doch glatt nach Hause geschafft. Aber Aufheiterndes hat er auch nicht erzählt, in den paar Chats. Hat sich auch wieder verloren.

Sie findet sich in einem besseren Viertel wieder. Auch hier wird gefeiert. So viele Menschen. Was ist der Unterschied zu gestern? Macht dieser eine Tag, den sie nun länger keine Neuerkrankung hatten, denn so einen Unterschied? Wäre morgen dann nicht noch mehr Grund zu feiern? Was macht ein Tag schon für einen Unterschied …

Ein Tag macht allen Unterschied, denkt Catalina. Von einem Tag auf den anderen. Von einem Moment auf den anderen. Von einem Toten auf den anderen.

Bis jetzt hat sie einen Grund gehabt, durchzuhalten. Das war doch ihre Pflicht. Jetzt braucht sie niemand mehr.

Sie entdeckt ein verlassenes Bürogebäude, Absperrband rundherum, zerbrochene Fenster, Ruß-Spuren. Catalina legt den Kopf in den Nacken. Hoch. Sehr hoch. Man muss eben näher zum Zentrum der Stadt, wenn man ein hohes Haus braucht.

Sie schlüpft unter dem Absperrband hindurch, findet eine Türe, die sich öffnen lässt. Drinnen stinkt es nach Urin und Ausdünstungen. Nichts Neues, dieser Geruch. Sie schaltet ihre Taschenlampe ein, steigt die Treppen hoch, die wohl früher niemand benützt hat, solange der Aufzug funktionierte.

Der Aufstieg dauert lange und sie hört ihr eigenes

Schnaufen. Zwischendurch denkt sie, dass sie Schritte hinter sich vernimmt. Warum auch nicht. Dem Geruch nach leben augenscheinlich Menschen in diesem ausgebrannten Gebäude.

Die Brandschutztüre, die zum Dach führt, klemmt, es bedarf all ihrer Kraft, sie aufzustemmen.

Kühler Wind bläst ihr entgegen, abends weht der Wind immer kühl vom Meer im Frühling. Frühling. Die Zeit, wo alles neu beginnt. Und die dunkle Zeit endet. Wie passend.

Catalina macht einen Schritt aufs Dach hinaus. Stockt. Sie hat vergessen, dass sie Höhenangst hat. Eigenartige Geräusche entströmen ihrem Mund.

Vorsichtig setzt sie Fuß vor Fuß, nähert sich der Kante. Sie hat ein Ziel, oder? Wenn man ein Ziel hat, kann man alles aushalten.

Verdammte Scheiße, ist das hoch. Die Knie werden ihr weich, die Hände schweißnass. Ihr Kreislauf verflüchtigt sich die Treppe hinab.

Sie sinkt auf alle Viere, legt sich flach auf den Bauch, um über den Rand zu blicken. Der Wind bläst nun stärker.

Ach du Scheiße.

Catalina dreht sich auf den Rücken, starrt in den Himmel über sich. Graue, weiche Wolken. Hineinschmiegen könnte man sich.

Und hinter ihr der Weg hinunter. Der Weg hinaus. Hinaus aus diesem „für den Rest ihres Lebens." Die Abkürzung.

Da ist wieder dieses eigenartige Geräusch. Ein Japsen. Ein Lachen, ein hysterisches Lachen. Oh Mann, das ist so typisch für ihr Leben. Hierherzukommen, um hinabzuspringen, und dann vor lauter Höhenangst es nicht zu schaffen.

Sie liegt lange da und starrt in die weichen Wolken, von verzweifeltem, tränenreichen Lachen gebeutelt.

Dann kriecht sie wieder zurück zur Treppe und schleicht die vielen Stockwerke hinunter.

Daheim bemerkt niemand, dass sie erst so spät nach Hause kommt. Alle feiern ausgelassen.

TOKYO

Es regnet. Dicke, schwere Tropfen. Naoto saugt die feuchte Luft ein, diese klare Frühlingsluft, so viel klarer als im Großraum Tokyo. Schwer klebt sich der lehmige Boden an seine Schuhe. Der Weg von der Bahnstation zum Haus seiner Eltern war immer schon beschwerlich, wenn man nicht mit einem Taxi kommt.

Er passiert das Haus der letzten Nachbarn. Als Kind hat er hier oft ein Reisküchlein bekommen, wenn er am Heimweg von der Schule war. Das Ehepaar, das ihn damals so verwöhnt hat, lebt schon lange nicht mehr. Aber das Haus sieht immer noch aus wie früher, trägt ihn in seine Kindheit zurück. Zeit ist relativ, wird ihm wieder einmal bewusst. Der Geschmack der Reisküchlein ist ihm so gegenwärtig wie sein Frühstück heute Morgen. Vielleicht ist das ja ein Zeichen des Alters, dass einem die Dinge der fernen Vergangenheit näher sind als jene der letzten Zeit.

Seine Mutter sitzt unter dem großen Vordach und schält Daikon. Ihre alten knorrigen Finger drehen die Wurzeln zärtlich hin und her, während das kleine Messer darüber schabt. Naoto steht bereits direkt vor ihr, als sie ihn bemerkt.

Ein Lächeln breitet sich in ihrem Gesicht aus, reicht bis zu den tiefen Falten unter ihrer Brille.

„Da bist du ja! Komm nur rein, ich habe Suppe am Herd."

Sie erhebt sich schwerfällig, die halb geschälte Rettichwurzel in der Hand, und ruft ins Haus hinein:

„Toshiro! Naoto ist hier!"

Naoto zieht seine Schuhe aus und stellt sie unter das Vordach zum Trocknen. Den tropfnassen Regenmantel hängt er auf einen Haken an einer der hölzernen Säulen, die das Vordach tragen. An den selben Haken, an den er schon als Kind seinen Mantel gehängt hat. Kurz legt er die Hand auf das alte Holz neben der Eingangstüre. Ehrfürchtig verbeugt er sich, ehe er eintritt. Gewohnheit.

Drinnen liegt der Raum im Halbdunkel, nur eine kleine Lampe brennt auf einem niedrigen Tisch, vor dem sein Vater auf dem Boden sitzt.

Er sieht auf, nimmt die kleine runde Brille ab, putzt sie.

Naoto ist stehengeblieben, wartet auf eine Begrüßung. Er fühlt, wie der Schweiß, der sich unter der Kapuze des Regenmantels auf seiner Glatze gebildet hat, verdunstet.

Der Vater putzt immer noch seine Brille.

„Guten Tag, Vater. Wie geht es Ihnen?"

Vater nickt.

„So wie der Regen fällt, so geht es dem Landwirt."

Mutter huscht hinüber zu der tieferliegenden Küche. Sie schlüpft in die hölzernen Schuhe, die dort bereit stehen, ehe sie von den Reisstrohmatten des Wohnbereiches auf den kalten Steinboden der Küche tritt.

Naoto legt seinen Rucksack ab, kniet sich gegenüber dem Vater.

„Es freut mich, dass ihr gesund seid."

„Wie geht es Mion?"

„Es geht ihm gut, Vater. Ich habe erst heute mit ihm telefoniert."

„Dann ist es gut."

Der Vater beugt sich wieder über die Zeitung, die auf dem Tisch liegt.

Sie schweigen.

Vater war noch nie der gesprächige Typ. Nur wenn er zuviel Sake getrunken hat, wird er lebhaft. Manchmal, als Naoto jung war und noch zu Hause lebte, lud er Freunde ein und sie schenkten Vater immer wieder nach. Dann begann er zu plaudern. Und zu putzen. Naoto muss lächeln. Der Putzwahn seines Vaters, wenn er einen Schwips hatte, war unter Naotos Freunden legendär.

Sein Vater sieht mit zusammengezogenen Augenbrauen auf Naotos lächelndes Gesicht.

„Sie sagen, der Virus ist besiegt. In Tokyo wird es überall verkündet."

Der Vater schnaubt leise.

Die Mutter kommt aus der Küche herüber und stellt eine dampfende Schüssel vor Naoto ab. Obenauf, ein kleines Häufchen frisch geriebene Daikon-Wurzeln auf den dicken Nudeln.

„Lass es dir schmecken, Sohn."

„Danke, Mutter."

Naoto atmet den scharfen, würzigen Dampf ein. Der Duft seiner Kindheit. So wie Yolaine beim Geruch von frischem Baguette selig seufzt, so empfindet er für die Suppe seiner Mutter. Kein Geld der Welt könnte ihn mit solch innerer Zufriedenheit erfüllen, wie eine Tasse dieser Suppe. Vor allem in diesem Moment, hungrig und müde von dem weiten Weg aus Tokyo hierher.

„Bleibst du diesmal? Wir könnten Hilfe bei der Aussaat gebrauchen."

Vater sieht ihn mit stechendem Blick an. Auch wenn Naoto selbst inzwischen Großvater sein könnte, unter den Augen seines Vaters wird er jedesmal noch zu einem Kind.

Er lässt die Energie vorbeiströmen, atmet in sein Zentrum.

„Nein, Vater. Mein Platz ist in Tokyo."

Sie wissen, dass er meint: „Mein Platz ist bei Yolaine." Doch solange er es nicht ausspricht, werden sie es auch nicht kritisieren.

Vater und Mutter wechseln einen vielsagenden Blick.

Er war immer der Sohn, der ihnen Kummer machte. Und er ist ihr einziges Kind.

Sie hat es sich auf dem Futon bequem gemacht, die Beine unter den Körper geschlagen und ein altes Foto in der Hand. Sie ist immer nervös, wenn Naoto sich auf den Weg zu seinen Eltern macht. Als könnten sie ihn ihr nach all den Jahren doch noch wegnehmen.

Vor drei Monaten ist er auch einmal unruhig geworden. Die Eltern gingen nicht ans Telefon, auch die Nachbarn wussten nichts. Er hat Yolaine auf die Stirn geküsst und sich zu Fuß aufgemacht. Ein paar Tage später kam er wieder zurück, endlose Tage, wie es Yolaine erschien, obwohl sie mehrmals telefonierten.

Sie lehnt das Foto, das Naoto und Mion zeigt, einen jungen Mion, keine drei Jahre alt, an die Wand und greift zu dem Buch, das sie gerade liest, einen Roman über den Ersten Weltkrieg. Wie gut geht es ihnen heute, denkt sie. Sie kann jederzeit ein paar Tasten drücken und Naoto wird antworten, wird ihr erzählen, dass der Zug Verspätung hat und wird sie anrufen, sobald er bei seinen Eltern angelangt ist. Während die Frauen damals … Wochen mussten sie oft warten, ehe sie Nachricht hatten.

Seit sie wieder gesund geworden ist, fühlt sie sich immer noch allem verbunden. Es wundert sie, dass sie dennoch diese Unruhe empfindet. Sie fühlt mit ihrem ganzen Körper, dass es keine Trennung gibt zwischen ihr hier und Naoto in seinem Dorf, zwischen ihnen und Mion in Frankreich. Sie fürchtet auch den Tod nicht mehr, sie ist alt, ihr Sohn erwachsen, sie hat gelebt. Aber dennoch … Sie fürchtet den Tod nicht, aber das Sterben. Und sie fühlt sich hier in Tokyo nicht mehr sicher.

Es hat alles mit diesem Kreuzfahrtschiff begonnen. Sie sieht es in den Gesichtern der Menschen, wenn sie, selten aber doch, in den letzten Tagen auf die Straße ging. Sie sieht den Hunger in ihren Augen und den Hass auf sie, die Gaijin. Denn es waren lauter Gaijins auf diesem Schiff, lauter ausländische Touristen, die diese Epidemie auf diese Insel gebracht haben. Sie ist die

Böse. Sie haben immer schon ein wenig auf sie herabgesehen hier, egal, wie höflich sie waren, aber die Blicke der letzten Tage haben ihr Angst gemacht.

Naoto hilft der Mutter, ihm Lebensmittel einzupacken.

„Du kommst nur, um zu holen. Du solltest bleiben. Mehr als diese eine Nacht."

Naoto nickt. Er hat kein schlechtes Gewissen. Seit er Geld verdient, schickt er monatlich den Eltern etwas davon. Er ist ein guter Sohn, zumindest in dieser Hinsicht.

„Ich bleibe gerne länger, das wisst ihr. Aber nur, wenn Yolaine mitkommt."

Seine Mutter schnaubt.

Wie stur sie sein können. Seit mehr als dreißig Jahren ist Naoto mit dieser Frau verheiratet. Sie hat ihnen einen Enkel geschenkt. Sie war immer höflich zu ihnen, respektvoll. Eine zeitlang hatte es den Anschein, als würden sie einander doch mit einer gewissen Freundlichkeit begegnen. Doch es verschlechterte sich, als Mion nach Frankreich ging, um zu studieren. Yolaines schlechter Einfluss, hieß es. Unser Land ist ihr nicht gut genug für ihren Sohn. Sie nimmt ihn uns weg. Dabei war Yolaine selbst ja auch nicht glücklich darüber, ihren Sohn so weit weg zu wissen.

Und nun, durch die Krise, scheint die Welt noch größer geworden zu sein, die Distanzen noch weiter. Die Verhärtung seiner Eltern noch dicker.

Sehen sie denn nicht, dass es ihnen nicht hilft, sich einen dicken Panzer aus Hass umzulegen? Vielleicht glauben sie ja, dass es sie schützt, so wie die harte Schale die süße Haselnuss umgibt. Aber es ist dunkel in der dicken Schale, ein einsames Leben, in dem die kleine Nuss doch nur darauf wartet, auf fruchtbare Erde zu fallen und die dicke Schale zu zerbrechen, um wachsen zu können. Und tut sie es nicht, so reicht das kleinste Loch, das ein Insekt hineinbohrt, dass die Nuss darin verschrumpelt und fault. Wäre es nicht viel besser, darauf zu vertrauen, dass sie alle gleich sind, alle gemeinsam auf diesem Planeten leben? Hat nicht die Krise eben dies gezeigt? Dass es keine Grenzen gibt? Es alle trifft?

Naoto seufzt. Er wird seine Eltern nicht mehr ändern.

Dankbar verbeugt er sich. Sie haben ihm Essen für zwei Wochen eingepackt. Für eine Person. Aber Yolaine wird es schon schaffen, dass es eine Weile reicht. Sie sind beide genügsam, in ihrem Alter brauchen sie nicht mehr so viel. Es ist mehr, als man in Tokyo erhält.

Er verbeugt sich erneut, schultert den schweren Rucksack und macht sich auf den langen Heimweg. Es hat aufgehört zu regnen.

Sie ist glücklich, als sie seine Stimme am Telefon hört. Er ist auf dem Heimweg, er wird es bis morgen vormittag schaffen, wenn sie ihn nicht bei irgendwelchen Kontrollen aufhalten. Er klingt voller Energie und Tatendrang. Sie muss lächeln. Es tut ihm gut, diese weite Strecke zu gehen. Sein tägliches Training fehlt ihm. Sie hofft für ihn, dass er bald wieder Schüler in seinem Dojo hat. Er kann nicht die ganze Zeit nur lesen oder am Computer Go spielen. Das mag ihr genügen, doch Naoto ist ein Mensch, der die Bewegung braucht. Sie waren lange genug eingesperrt. Jetzt kann es nur wieder besser werden.

WIEN

Alex nickt ein letztes Mal seiner Chefin zu. Sie sind in den wenigen Wochen, die Alex in der kleinen Fahrradreparatur gejobbt hat, nicht so gute Bekannte geworden, dass sie ihre Ellbogen aneinanderstoßen würden. Zunicken ist inzwischen sowieso die Norm, selbst bei geschäftlichen Treffen. Wenn Alex genau überlegt, Ellbogenbumpen tat er nur mit ein oder zwei Freunden. War mehr eine Sache der Jüngeren. Er lacht. So lang ist das auch noch nicht her, aber als ehemaliger Händeschüttler fühlt er sich so, wie er früher die Handküsser betrachtet hat. Eine aussterbende Spezies.

„Na, dann viel Glück", sagt seine Chefin. „Großes Abenteuer, hm?"

Alex nickt. Ganz großes Abenteuer. Fast wie früher.

„Ich lass von mir hören."

Die anderen Mitarbeiter winken ihm nach, als er das Geschäft verlässt.

Alex schlendert die Straßen entlang. Er hat Zeit. Noch ein paar Dinge zu besorgen, aber das meiste hat er schon vorbereitet. Er hat seinen Kontostand in den letzten Jahren langsam wachsen lassen, genug, dass es reichen sollte. Er ist nie der große Planer gewesen, hat sich immer treiben lassen. Er hat auch nicht vor, das jetzt zu ändern, das Leben ist unvorhersehbar, nicht planbar. Und er hat immer Mittel und Wege gefunden …

Er nimmt einen tiefen Atemzug. Die Luft ist frisch an diesem Frühlingsnachmittag, erste Schanigärten haben ihre Tische aufgebaut und die Sesseln sind gut besetzt. Seit drei

Jahren ist auch dieses Grätzel komplett autofrei, inzwischen kann Alex sich kaum mehr erinnern, wie es hier früher aussah. Jetzt beschweren sich die Leute über all die Radfahrer, die die Straßen bevölkern und so gefährlich sind, weil man sie nicht hört. Der Wiener muss immer was zum Meckern haben, sonst wäre er kein Wiener … Da kann er sich selbst ja gar nicht ausnehmen. Ihm passt ja auch vieles nicht. Dass alles immer noch so teuer ist, zum Beispiel. Wie soll da einer wie er … es schmerzt ihn, zugeben zu müssen, dass die Mutter früher nicht so unrecht hatte, wie sie immer gepredigt hat, wie wichtig eine gute Ausbildung ist. Ach was, er ist bis jetzt gut durchs Leben gekommen, es wird auch weiter so sein. Katzen fallen immer auf ihre Füße und Unkraut vergeht nicht.

Alex blickt der jungen Frau nach, die an ihm vorbeigeht. Auch so eine Baustelle in seinem Leben. Keine Ahnung, sind die Frauen anspruchsvoller geworden oder er? Erst letztens hat er abends eine im Park kennengelernt, die wirkte nett. Nicht so eine Abgehobene, die in diesen Modehäusern bestellen, wo sie zu den Oberteilen den farblich abgestimmten Mundschutz mitliefern, damit man auch dann modisch top ist, wenn man Schnupfen hat. Von denen rennen ja jetzt genug herum, selbst bei den Männern hat er diesen Modetrend festgestellt. Als wenn es nicht völlig egal wäre, ob man modisch top ist, wenn man Schnupfen hat. Alles sieht besser aus als eine Triefnase, oder?

Die im Park, die war nett. Hat aber keine Anstalten gemacht, ihn zu sich nach Hause einzuladen. Und dass er sie zu sich – so toll hat er seine Gartenhütte in den letzten Jahren auch nicht hergerichtet. Ist ja mehr eine Schlafstätte. Definitiv eine Single-Schlafstätte.

Er wechselt die Straßenseite, muss stehenbleiben, weil die Straßenbahn gerade vorbeifährt. Er braucht noch einen Ersatzakku für seinen Laptop. Und dann möchte er noch an Medikamenten aufstocken, man weiß ja nie. Mal sehen, was er bekommen kann.

Die gläserne Schiebetüre öffnet sich automatisch, eine angenehme Frauenstimme erklingt.

„Herzlich willkommen. Wir freuen uns, sie begrüßen zu dürfen. Wollen Sie sich zuerst umsehen oder benötigen Sie Hilfe bei der Auswahl?"

Freundlichkeit und Kundenservice, das schätzt er sehr. Langsam verstehen die Läden es ja, womit man gegen das Online-Shopping punkten kann.

„Ich schau mich nur mal um", sagt er und schlendert die Regale entlang.

„Gerne. Wenn Sie Hilfe benötigen, geben Sie bitte einfach Bescheid."

Alex betrachtet die verschiedenen Geräte in den Vitrinen. Er benötigt nur einen Ersatzakku, aber es ist einfach schön, die ganzen Handys und Laptops anzusehen. Es sind immer noch die selben Modelle wie vor fünf Jahren, kaum eine Firma hatte die letzten Jahre Ressourcen für technische Weiter-entwicklungen. Wozu auch, die Dinger haben damals ihre Funktion erfüllt, haben meist mehr Funktionen gehabt, als irgendwer gebraucht hat, also wozu was Neues? Allen ist doch mehr geholfen, wenn man Ersatzteile bekommt. Diese Generation an Handys, deren Akkus man nicht austauschen konnte, ist aus den Regalen völlig verschwunden.

„Entschuldigung", ruft Alex in den leeren Raum. „Dieses Handy hier, die Nummer 1712, würde ich mir gerne näher ansehen."

Er braucht kein neues Handy. Aber es macht einfach Spaß.

„Aber gerne. Einen Augenblick, bitte."

Das Gerät in der Vitrine wird, wie einst bei den Schulautomaten, in eine Spirale geschoben und erscheint sogleich unten in einer Klappe.

Alex betrachtet es, wiegt es in der Hand. Ein schönes Ding.

„Wollen Sie dieses Gerät kaufen?", ertönt erneut die freundliche Stimme aus dem Lautsprecher.

„Nein, danke, doch nicht."

„Gerne. Dann legen Sie bitte das Gerät zurück in das Ausgabefach."

Alex schiebt das Handy in die sanft blinkende Klappe. Er hört ein Surren, kurz darauf steht das Ausstellungsstück wieder in der Vitrine, ein wenig feucht glänzend vom Desinfektionsspray.

„Wünschen Sie ein anderes Modell zu sehen?"

Er könnte nun alle der Reihe nach ansehen. Aber eigentlich ist dieses Spiel langweilig. Leisten kann er sich ohnehin keines.

„Nein, danke."

Wie witzig, dass man dieser Computerstimme gegenüber so höflich ist. Wie sie wohl reagieren würde, wenn man sie beschimpft?

„Dann genießen Sie noch einen schönen Tag."

„Ich bräuchte noch einen Ersatzakku."

Er nennt auf Anfrage der Stimme die Gerätenummer, wird zu einem Ausgabefach am anderen Ende des Verkaufsraums gelotst. Die Pappschachtel liegt bereits in der blinkenden Klappe, als er dort ist. Entnehmen kann er seinen Kauf aber erst, als er seine Bankkarte vor den Scanner gehalten hat.

Als Alex sich dem Ausgang nähert, ertönt erneut die freundliche Stimme. „Vielen Dank für Ihren Einkauf. Bewerten Sie unser Service mit einem Daumen hoch oder hinunter."

Er hält einen Daumen hoch vor die Kamera, die neben der Türe positioniert ist.

Noch gibt es nicht viele so vollautomatische Geschäfte in Wien, doch der Trend steigt. Eine der großen Supermarktketten stellt nun alle Filialen um. Man ist heikel geworden, mit wem man direkt interagiert. Anfangs hieß es, dieser Trend aus den USA würde sich hier nie durchsetzen, aber das war so wie die Generation seiner Eltern, die damals behauptete, Selbstbedienungstankstellen hätten keine Chance auf Akzeptanz.

Alex schlendert weiter. In der Apotheke gibt es noch menschliche Bedienung, hinter Glas. Für manche der

Medikamente hat Alex ein Rezept von seinem Arzt, aber kürzlich hat er einen Artikel über ein neues Produkt gelesen, eine neue Art von Antibiotikum. Es wäre irgendwie beruhigend, das dabeizuhaben ... Aber natürlich bleibt die Apothekerin stur, da kann er noch so charmant seine Geschichte erzählen. Als er seine Rezeptgebühren abbuchen lässt, schiebt sie ihm aber mit der Rechung einen kleinen Zettel durch den Schlitz, darauf steht eine Adresse im Augarten.

Er schaut sie fragend an.

„Probieren Sie es dort. Falls Sie Häupl haben."

Er nickt, dreht den Zettel immer noch in Händen, während er weiter durch die Stadt geht.

Ja, ein paar Häupl hat er noch. Und er muss sie auch aufbrauchen, denn außerhalb von Wien haben sie keinen Wert. Seit es kein Bargeld mehr gibt – und somit auch offiziell keine Schwarzarbeit mehr – sind viele alternative Währungen entstanden, unter anderen der Häupl. Oft sehr lokal. Gelten manchmal nur in einer Straße oder einem Grätzel. Unabhängige digitale Systeme, in denen man Arbeitszeit oder Produkte gegen Punkte tauschen kann. Manche haben sich einen halboffiziellen Status erkämpft. Seine Tomaten zum Beispiel, die er im Sommer oft im Überfluss hat, sind in der Innenstadt sehr beliebt. Oder sein Kompost, auf den sind die Balkongärtner ganz scharf. Das meiste hat er schon eingetauscht. Gegen eine gute Regenjacke, ein wenig zu groß, aber kaum getragen. Und seine neuen Schuhe hat er auch so erstanden, auch die so gut wie unbenützt. Und er hat mit seinem Guthaben den Notar bezahlt, der den Verkaufsvertrag seiner Hütte aufsetzte, damit er nicht so viel von seinem Staatskonto abbuchen lassen musste.

Der Rest reicht hoffentlich noch für dieses Antibiotikum.

Am Weg durch den Augarten kommt er durch alte Gassen, in denen sich die letzen Jahre nichts verändert hat. Ein paar geschlossene Geschäfte – bestimmt schon seit mehr als zehn Jahren geschlossen – alte Frauen, die am Fensterbrett lehnen und das Treiben auf der Straße beobachten. Auf einem nach wie vor offenen kleinen Lokal klebt an der Türe ein eingerissenes, ausgebleichtes Schild: „Rauchen verboten". Alex schüttelt schmunzelnd den Kopf. Als ob irgendwer noch rauchen würde.

Ein paar Häuser weiter klebt noch ein Plakat der letzten Wahl an der Wand: „Ich verspreche, Österreich autark zu machen." Kein schlechter Spruch, hat aber nicht gewonnen.

Er begegnet ein paar Spaziergängern, die meisten mit Handschuhen und ihr Handy am Ohr. Im Augarten sieht er Gruppen von Leuten, jungen und alten, die die nach wie vor vorhandenen Gemüsebeete bewirtschaften. Diese Gemeinschaftsgärten sind Teil des Stadtlebens geworden, verbunden mit den vielen Kochkursen, on- und offline.

Er bekommt das Medikament tatsächlich. Leider ohne eine Bescheinigung, das wird es an den Grenzkontrollen vielleicht schwierig machen. Naja, er wird schon eine Möglichkeit finden, es gut zu verstecken.

Es ist sein letzter Abend in der kleinen Gartenhütte. Er hat alles gepackt, verkauft oder verschenkt, was er nicht mehr braucht. Morgen kommen die neuen Besitzer, der Gemüsegarten hat sie mehr beeindruckt als die schäbige Hütte.

Den Rest des Abends verbringt er am Computer. Nun dauert es nicht mehr lange. Ein paar Monate noch. Er ist aufgeregt. Alles wird sich wieder einmal ändern.

OST-STEIERMARK

„Andrea? Bist du endlich soweit?"

Michael bindet sich die Schuhe, dann öffnet er die Türe zum Hof und brüllt hinaus: „Benni! Wir müssen fahren!"

Als er weder von oben noch von draußen eine Antwort hört, wendet er sich an Sofie, die gerade in ihre Jacke schlüpft.

„Geh, Sofie, magst nachschauen gehen, was der Benni schon wieder treibt?"

„Der ist sicher bei seinen geliebten Ziegen."

Sofie hebt die Arme, um ihre Haare zu einem Zopf zusammenzufassen. Michael kommt nicht umhin, festzustellen, wie erwachsen sie bereits aussieht. Ihre Brüste sind schon ordentlich entwickelt, es wird ihm ein wenig mulmig im Bauch. Bald wird sie mit dem ersten Freund daherkommen … Sie huscht zur Türe hinaus, er hört sie nach ihrem kleinen Bruder rufen.

Vor der Türe klingelt Lukas ungeduldig mit der Fahrradglocke.

„Andrea, wo bleibst du?"

Michael steigt genervt die Treppe in den oberen Stock hinauf. Er findet seine Frau im Schlafzimmer, lesend.

„Was ist, wir müssen gehen."

„Kannst nicht sagen, dass ich krank bin?"

Michael seufzt. Jeden Sonntag das Gleiche, seit man sie ihres Amtes enthoben hat. War es denn nicht klar, dass die Kirche diese „Notlösung" wieder so schnell wie möglich rückgängig macht? Jetzt gibt es ja keinen Mangel an Priestern mehr, viele junge Männer streben in die Kirche. Aus einem inneren Bedürfnis nach Religion heraus. Oder um abgesichert zu sein. Da konnte man dann leicht jene Phase, wo Frauen das Amt innehaben durften, als krisenbedingte Verwirrung der reinen Lehre abtun …

„Andrea, komm. Bitte. Zumindest heute. Die Leute fragen immer."

Sie zuckt die Schultern.

„Es schaut halt nicht gut aus. Die erste Messe vom neuen Pfarrer."

Es war der dritte in zwei Jahren, sie alle strebten nach kurzer Zeit danach, einer größeren Gemeinde vorzustehen. Anscheinend bekamen sie hier im Ort jedes Mal die ganzen frisch geweihten, Michael hat fast den Verdacht, sie sind so etwas wie ein Praktikumsplatz für unerfahrene Priester …

„Der wird auch nicht besser sein als der letzte."

„Nein, wird er nicht. Oder wer weiß? Bist denn nicht neugierig?"

Sie schaut ihn an, ein leises Lächeln schleicht sich in ihr Gesicht. „Du erzählst es mir eh alles brühwarm. Und der Lukas und die Sofie auch. Und Bennis Meinung ist auch nicht zu verachten, sehr treffend war das beim letzten, oder? Wie er gesagt hat: Wenn der singt, klingt das wie unsere Obstpresse."

Michael muss grinsen. Ja, das Quietschen der Presse hat er inzwischen gerichtet.

Von draußen erklingt erneut die Fahrradklingel.

Und dann Sofies Schimpfen: „Jetzt stell dich nicht so an, Benni. Die Hände müssen wir waschen, du Ferkel du."

„Ziegenstall?", fragt Andrea.

„Ich nehme an."

Er ist ein ungeheurer Wildfang, ihr Jüngster. Das wird interessant werden, wenn er nächstes Jahr in die Schule kommt. Hoffentlich hat die Lehrerin gute Nerven.

„Bitte, Andrea", sagt Michael ernst. „Bald sind Wahlen."

Er muss nicht mehr sagen. Sie haben ihn gebeten, sich aufstellen zu lassen, so wie sie Andrea damals gebeten haben, das Pfarramt zu übernehmen. Er ist einer der aktivsten im Gemeinderat.

Andrea grinst. „Die Familie Wichtig, nicht wahr? Erst die Frau die Pfarrerin, dann der Mann der Bürgermeister. Was wird dann erst der Lukas in ein paar Jahren?"

„Chef vom Bauernbund."

„Und die Sofie wird Schuldirektorin ..."

Michael lacht. „Jetzt lass sie erst mal die Schule fertig machen und komm. Alle warten."

Andrea seufzt, aber sie legt das Buch beiseite und steht auf. Sie ist immer noch dünn, die Belastung als Pfarrerin und frischgebackene Mutter hat ihren Tribut verlangt, sie hat ihr Gewicht nicht wieder aufgeholt. Muss ja auch den halben Tag dem Benni hinterherrennen.

„Weil du's bist."

Sie stellen ihre Familienkutsche neben den anderen Fahrrädern ab. Lukas, mit seinem Faible für selbstgebaute Maschinen, hat ein überdachtes Doppelfahrrad gebaut, mit einer zweiten Sitzbank dahinter und einem Elektromotor für die steilsten Stücke. Die Inspiration haben ihm die Räder gegeben, die er als Kind einmal bei einem Wienbesuch im Prater gesehen hat. Sie mögen dieses Gefährt so sehr, dass sie selten mit dem Auto fahren. Sprit ist immer noch teuer. Eigentlich ist nach wie vor alles, was aus dem Ausland kommt, teuer.

„Hey, Lukas! Was geht, Homie?"

Die Sprüche sind immer noch die selben. Die jungen Männer klopfen ihre Ellbogen wild gegeneinander, marschieren heftig diskutierend ans andere Ende des Pfarrhofs.

Sofie schnappt sich Benni – sie ist wirklich eine gute große Schwester, denkt Michael – und geht mit ihm an der Hand zu ihren Freundinnen. Die meisten von ihnen finden Benni unglaublich süß. Was er ja auch sein kann, mit seinen großen Augen und dem verschmitzten Lächeln. Michael hört die

Mädchen lachen, über irgendetwas, das Sofie erzählt. Wahrscheinlich von Bennis neuestem Abenteuer im Ziegenstall.

Die Dorfwirtin kommt zu ihnen herüber. „Mei, Andrea, bist auch mal wieder da am Sonntag! So eine Freude!"

Andrea setzt ein leicht verkrampftes Lächeln auf. „Muss mir ja den Neuen ansehen."

„Das müssen wir alle", sagt die Wirtin und zwinkert mit den Augen. „Ich hab ja dem Gustl gesagt, wenn die nicht bald was Anständiges schicken, dann gründen wir eine Frauenkirche, mit dir als Bischofin." Sie lacht herzlich. „Ist ja wahr, immer diese Jungspunde. Was der Keipner zu alt war, sind die zu grün hinter den Ohren."

Andrea macht eine wegwerfende Handbewegung, aber Michael merkt, dass sie sich freut.

Die Wirtin wirft einen Blick dorthin, wo Lukas mit seinen Freunden steht.

„Der Lukas muss ja jetzt auch schon fertig sein, oder?" Sie lächelt Michael an. „Da wirst auch froh sein, wenn er jetzt wieder voll Zuhause mitarbeiten kann."

Michael nickt. „Ja. Vor zwei Wochen hat er abgerüstet. Er war ja eh brav, ehrlich, die ganze Zeit neben den sozialen Jahren mitgearbeitet, was halt ging. Alles mit aufgebaut, oder eigentlich umgekehrt, ich hab ihm geholfen, seine Pläne umzusetzen."

„Hat er halt vom Vater mitgekriegt, das kaufmännische Talent ..."

Da ist keine Spitze in ihrer Stimme. Michael reagiert da immer noch sehr empfindlich. Was er sich eigentlich nicht leisten kann, jetzt, wo er kandidiert. Keiner mag einen empfindlichen Bürgermeister. Wenn er denn gewählt wird.

Andrea hängt sich bei ihm ein. „Die beiden sind ein tolles Gespann."

„Wo war er denn eingesetzt, der Lukas?"

Andrea und Michael werfen einander einen Blick zu.

„Das erste Jahr als Sani bei den Panzerpionieren. Dann …
bei der Infrastruktur. Strom und Wasser."

Die Dorfwirtin zieht die Augenbrauen hoch. Michael
kommt ihr zuvor.

„Nein, da haben wir nichts gerichtet, dass er dort hinkommt.
Er hat Glück gehabt, dass Pflege gerade voll war und er mit
seinen ganzen Projekten davor – weißt eh, seine
elektrotechnischen Experimente – da Bonuspunkte
mitbrachte."

„Aha."

Andrea beeilt sich zu sagen: „Aber die Sofie, die sagt jetzt
schon, dass sie Pflege machen will im zweiten und dritten
sozialen Jahr."

Pflege ist das große Thema. Seit es drei verpflichtende
soziale Jahre gibt, in denen den Jungen Kenntnisse in den
wichtigsten Bereichen vermittelt werden und eine gewisse
Grundausbildung in einer der großen Sparten – Pflege,
Infrastruktur und Verwaltung – gibt es immer wieder die
Gerüchte, dass man in bestimmte Bereiche nur mit Protektion
hineinkommt. Genau das, was Michael so gar nicht mag, dass
über ihn gesagt wird.

Langsam füllt sich der Vorplatz und die Leute beginnen, in
die Kirche hineinzuströmen. Michael deutet Sofie und Benni,
mitzukommen. Lukas und seine Freunde sind irgendwo
verschwunden.

Man nickt Andrea zu, manche mit einem leicht süffisanten
Lächeln, andere fast mitleidig. Sie ist sehr beliebt gewesen in
den drei Jahren, in denen sie der Pfarre vorstand. Hat sich
verausgabt, findet Michael, hat gemeint, sie muss 150% geben,
um allen zu beweisen, dass eine Frau ein guter Pfarrer sein
kann. Dazu die schwere Geburt, das Baby, das kaum schlief …

Ihm nicken die Leute freundlich zu.

Sie nehmen Platz, Benni klettert auf Andreas Schoß.

Die Orgel oben auf der Empore beginnt zu spielen. Täuscht
Michael sich, oder hat sich der Organist soeben in den Tönen

vergriffen, just in dem Moment, wo der neue Pfarrer aus der Sakristei tritt?

Sofie kichert leise.

Die Messe ist langweilig. Nur bei der Predigt, da kommt Leben in die Menschen. Der neue Pfarrer ist so ein langer, dünner, und nun steht er da oben auf der Kanzel und liest aus dem Epheserbrief.

„Ordnet euch einander unter in der Furcht Christi. Ihr Frauen, ordnet euch euren Männern unter wie dem Herrn. Denn der Mann ist das Haupt der Frau, wie auch Christus das Haupt der Gemeinde ist – er hat sie als seinen Leib gerettet. Aber wie nun die Gemeinde sich Christus unterordnet, so sollen sich auch die Frauen ihren Männern unterordnen in allen Dingen. Ihr Männer, liebt eure Frauen, wie auch Christus die Gemeinde geliebt hat und hat sich selbst für sie dahingegeben, um sie zu heiligen."

Und dann fängt er an, darüber zu reden, wie wichtig es ist, dass sich die Kirche wieder auf ihre wahre Stärke besinne, denn die Irrungen der letzten Jahre haben überall nur zu einer Schwächung der Kirche geführt.

Michael muss Andrea am Arm festhalten, dass sie nicht aufsteht und die Kirche verlässt. Er weiß nicht, ob dem neuen Pfarrer bewusst ist, wer sie ist, oder warum viele in der Kirche ihre Köpfe zu ihr wenden. Andreas Gesicht ist wie eine Maske, keine Gefühlsregung ist ihr anzumerken. Nur Michael neben ihr kann ihre Zähne knirschen hören. Ein dumpfes Murmeln erhebt sich, eine Unruhe ist in der Kirche entstanden, von der sich der Pfarrer unbeeindruckt zeigt.

Draußen, nach der Messe, ist es natürlich das Gesprächsthema Nummer eins. Die einen umringen Andrea, regen sich über die Frechheit dieses neuen Pfarrers auf. Es sind hauptsächlich die Frauen. Anderen sieht Michael an, dass sie sich denken: „Recht so."

Lukas kommt zu ihnen geschlendert.

„Hab ich was versäumt, Papa?"

„Nein, Lukas."

Doch Sofie zieht ihren Bruder zur Seite, redet auf ihn ein.

Lukas zuckt die Schultern. „Na und?", hört Michael ihn sagen. „Lasst ihn reden. Die Leute reden immer so viel. Und was zählt am Schluss? Das, was man tut. So wie der Papa. Der hat damals auch nicht lang rumgeredet, sondern hat einfach getan. Und gut war es am Ende, oder?"

Michael spürt, wie sich stolze Wärme in seiner Brust ausbreitet. So ganz falsch haben sie es in den letzten Jahre wohl doch nicht gemacht.

Er wirft einen Blick in die Runde. Tracht ist wieder groß in Mode. War sie immer, eigentlich. Aber jetzt tragen selbst viele Junge den typischen grauen Janker und sogar Lederhosen. Dabei sind sie gleichzeitig eigenartig polyglott geworden. Virtuell zumindest. Gerade so Lukas' Generation, die in den letzten Jahren immer alle Nachrichten quer durch die Welt verfolgt haben, nicht die offiziellen, sie haben alle ihre speziellen Seiten, auf denen sie sich informieren, was wo geschieht. Dem Offiziellen glaubt man nicht mehr viel. Fotos werden auch massig herumgeschickt, hat Michael so mitbekommen. Vor allem die Sofie, sie zeigt ihm fast jeden Tag irgendein Bild, das ihr eine ihrer weltweiten Freundinnen geschickt hat. Die billigste Art, zu reisen.

Letztens hat er dem Benni ein Foto von früher gezeigt, eine Ansicht von ihrem Hof, und der Kleine hat ganz verwundert auf das weiße Muster am Himmel gezeigt, was das denn sei. Erst da ist dem Michael so richtig bewusst geworden, wie normal damals diese Kondensstreifen waren. Dem Peter sein Sohn, der Tobi, der hat ein neues Hobby, sagt die Sofie. Der hat sich ausgedruckt, wann welcher staatliche Flieger startet, und wann immer er einen am Himmel sieht, weiß er inzwischen auswendig, wohin der fliegt. Michael fand das beeindruckend, aber Sofie sagt, so viele sind es ja nicht, da haben sie in Kräuterkunde mehr auswendig zu lernen.

Die Frauen regen sich immer noch darüber auf, dass der

Pfarrer sie wieder ins vorige Jahrtausend stecken will. Wer hat denn in Zeiten der Krise? Und davor? Schon vor Andrea? Fast hat Michael den Verdacht, dass der neue Pfarrer mit seiner unglücklich gewählten Predigt mehr für die Emanzipation der weiblichen Dorfbevölkerung getan hat, als er ahnt. Das wäre ja was Gutes. Trotzdem. Den Blicken der Männergruppe dort drüben nach wäre denen das nur recht, wenn sich manche Entwicklung wieder umkehrt.

Er selbst kann sich ja nicht beklagen, für ihn ging es vorwärts, auch nach dem Vivi-Tag. Auch ohne die Desinfektionsmittelschiene. Mit dem Lukas gemeinsam hat das Ganze eine Dynamik entwickelt, als wäre ihm plötzlich der Knopf aufgegangen. Nicht nur wegen bio hatten sie einen Aufschwung, auf der Linie sind ja doch viele geblieben, die Leute verlangen es ja direkt und immer mehr auch aus Überzeugung. Am Hof haben sie mit vielen neuen Projekten begonnen, die aus Abfallprodukten noch einen Wert schaffen. Pflanzerde aus Apfelpresskuchen für die Grazer zum Beispiel. Hautcremes. Immunsystem-Stärkungsmittel aus Apfel und Kräutern. Sie haben experimentiert und beibehalten, was bei den Kunden beliebt war. Die Bedürfnisse sind bei den Leuten ja nach wie vor da, gewöhnt an Jahrzehnte, wo die Pharmaindustrie sie versorgte. Die Pharma hatte eben am Anfang auch nicht wieder die Kapazitäten alles abzudecken, konzentrierte sich auf das, was wichtig und gewinnbringend war. Eh gut. Für ihn auf alle Fälle.

Er lässt Andrea von ihren Freundinnen umringt stehen und schlendert zur Seitentüre der Kirche. Abpassen will der den Pfarrer schon. So ein ernstes Wörtchen mit ihm reden, als Gemeinderat und vielleicht zukünftiger Bürgermeister. Reden wird er, keine Taten folgen lassen, weil das geziemt sich nicht für einen Gemeinderat, dass er einem Pfarrer eine runterhaut.

Während er wartet, dass der Prediger endlich die Kirche verlässt, tritt Peter an ihn ran.

„Na, der hat ja ganz schön was aufgerührt.”

Michael nickt. „Kann man sagen."

„Was sagst zum Wetter? Krieg ma endlich einen Regen?"

Michael schaut zum Himmel hinauf, zuckt die Schultern. Das Wetter interessiert in just in diesem Moment nicht gerade.

„Brauchen könnten wir ihn."

„Weiß nicht", sagt Michael. „Noch passt es gut, dass das Unkraut nicht so sprießt."

Peter lacht. „Das hast halt von deinem bio. Bei mir sprießt nix."

Michael wirft einen belustigten Blick auf Peters Kopf.

„Schon lange nicht, tät ich sagen."

„Haha. Was zahlen sie denn fürs Kilo bei euch in bio? Ist es echt den Mehraufwand wert?"

Michael zuckt die Schultern. „Für mich schon."

Sie schweigen einen Moment. Wann kommt endlich der Pfarrer raus, oder traut er sich nicht?

„Wie ist's denn", fährt Peter fort, „Wird das heuer was mit dem Lukas seinem Ernteroboter? Tät mich interessieren, hab ihm ja gesagt, dass ich meine Fläche auch für seine Tests zur Verfügung stelle."

„Könnt sich ausgehen. Voll motiviert ist er."

„Dann ist's gut."

Benni rennt auf ihn zu, kreischend. Ein fröhliches Kreischen. Sofie hinter ihm her.

„Papa! Halt ihn auf! Er hat dem Pfarrer ein Bein gestellt!"

Michael lacht.

Auf die nächste Generation kann man sich verlassen. Die hat was drauf.

SOUTHAMPTON

Ach, manchmal sind sie doch wirklich zu begriffstutzig, die Kleinen. Die Großen aber auch, muss er ihnen denn alles vorkauen? Langsam ist es wohl wirklich an der Zeit, dass er in Ruhestand geht. Nicht, dass er sich so alt fühlt, aber seit Simon ihn da irgendwie dazu becirct hat, in der Schule zu unterrichten, ist er aus der Sache nicht wieder rausgekommen. Was man nicht alles für die Liebe tut … und jetzt macht Simon mit diesem George rum, blamabel, wirklich, der Kerl ist sicher dreißig Jahre jünger als Simon und ein Unruhestifter. Passt auch gar nicht hier ins Dorf, findet James. Zu radikal. Er würde das ja gerne im Plenum ansprechen, aber er weiß genau, dann heißt es gleich wieder, er sagt das aus persönlicher Verletztheit und er hat wirklich null Lust darauf, sich dann wieder zu einer Stunde Friedensmeditation drängen zu lassen, um seine Spannungen aufzulösen. Er hat keine Spannungen, zum Kuckuck noch mal, er kann den Trottel nur nicht ausstehen! Nein, da hält er lieber den Mund. Tief durchatmen. An die schönen Dinge denken. Den Seerosenteich, den sie angelegt haben, das Froschgequake. Die Yogastunde jeden Morgen, die ihn so beweglich und fit hält. Die Tatsache, dass alle so begeistert waren, wie jedes Jahr, als er zur Sonnwend sein neues, selbstverfasstes Stück rezitierte.

Und er darf auch nie vergessen, in London zu leben hätte er sich in den letzten Jahre gar nicht leisten können. Seit sie damals Nordirland aufgegeben haben, um die Grenzen dicht machen zu können – ach, diese Armen, dieser furchtbare Bürgerkrieg dort nun wieder, wie in seiner Jugend, haben wir denn gar nichts gelernt? – also seit damals kommt ihm vor, ist alles immer teurer geworden. Zumindest wenn man so wie er auch keinen Anspruch auf eine Pension hat, wie denn auch, als Künstler. Obwohl der König ja verkündet hat, er werde dafür sorgen, dass niemand in seinem Reich hungern muss. Tut ja auch keiner, mit den Suppenküchen … Hach, was hilft es. Diesen lästigen Kröten etwas Bildung einzutrichtern ist immer noch besser als Küchendienst. Oder gar draußen auf dem Feld, diese schwere Arbeit ist weder was für sein Alter noch für seine sensiblen Hände, man kriegt den Dreck tagelang nicht aus den Fingernägeln.

Furchtbar selbstbewusste Biester halt, mit ihren so alternativen Eltern. Supernett alle, das schon, aber was Erziehung betrifft doch ganz andere Ansichten als er. Nein, James, sei nicht ungerecht, schilt er sich. Bis auf die Sache mit Simon bist du doch glücklich hier. Sie fressen dir doch aus der Hand, die kleinen Monster.

Er holt seine Schachtel unter dem Tisch hervor. Augenblicklich wird es still.

„Ja! Punch&Judy!" Flüsternd stoßen die Kinder einander mit den Ellbogen an.

Selbst seine Mutter wacht auf, die hinten im Schulzimmer in dem großen Ohrensessel gedöst hat. Sie liebt Punch&Judy, obwohl sie es nicht mehr so recht versteht. Die Ohren. Und das Ding zwischen den Ohren … James seufzt. Sie ist ja rührend, die alte Frau. Und irgendwie rührt sie wirklich jedes Mal sein Herz, wenn sie da mit roten Backen sitzt und mit strahlenden Augen die beiden Handpuppen verfolgt. Manchmal gibt er ihr zuliebe einen der Lachanfälle zum Besten, die er für seine Videos so perfektioniert hat. Einfach nur, weil er es liebt, wie sie dann dasitzt, begeistert in die Hände klatscht und von einem Ohr zum anderen strahlt.

Letztens im Plenum hat sich eine der jungen veganen Mütter beschwert, dass seine Vorführungen nicht politisch korrekt wären, aber bitte, er ist siebzig, wenn es ihnen nicht passt, dann kann sie ja selber unterrichten. Sie war dann ohnehin sehr nett, hat seine Bemühungen gewürdigt und ihm am nächsten Tag eine Handpuppe in den Bauwagen gebracht, eine Giraffe. Dazu hat sie irgendetwas davon geredet, dass Giraffensprache ja so viel besser sei als Wolfsprache, und so wichtig heutzutage. James hätte seine Mutter küssen mögen, die das Gespräch aufmerksam mitverfolgte und dann mit erstaunten Augen meinte: „Aber Mädchen, Giraffen sind stumm und werden gefressen!"

Die Kinder sehen ihn gespannt an. Und auch Mutter hat sich aufgerichtet, die Frisur ganz verdrückt vom Schlafen. Er wird Esther bitten, ihr mal wieder die Haare zu schneiden. Und ihm auch gleich. Er wird sich gleich wieder wohler fühlen, wenn sein Haar wieder sitzt.

Er lässt Punch vorsichtig über die Tischkante schauen.

„Ja, da seid ihr ja alle! He, ihr Schnarchnasen, kann es sein, dass ich mal ordentlich auf den Tisch hauen muss, damit ihr was in eure Matschbirnen hineinbekommt?"

Sie grölen, lieben es, politisch korrekt, meine Fresse.

Von hinten ruft seine Mutter: „Judy, Judy, er hat ein böses Wort gesagt, hau ihm aufs Maul!"

Die Kinder grölen noch mehr.

„Ruhe da hinten auf den billigen Plätzen!", sagt Punch, „Sonst muss ich kommen und der alten Dame den Popo verhauen!"

Seine Mutter kichert, klatscht in die Hände.

Die älteren Kinder stoßen einander in die Seite.

„Aaaalso", sagt Punch, „ist es wahr, dass keiner von euch Pupshasen den leisesten Schimmer hat, wen unser hochgeschätzter König letzte Woche getroffen hat? Ha? Haah?"

Die Kinder schweigen, pressen die Lippen aufeinander, in freudiger Erwartung dessen, was nun geschehen wird.

Punch explodiert, wie schon so oft zuvor.

„Ja Himmelteufelkruzifixhühnerdreckpopo! Das gibt es doch nicht! Oooh! Judy! Judy!!!"

Eine Welle des Kicherns geht durch die Kinder. Meine Güte, sind sie leicht zu unterhalten. Das ist ja direkt schon peinlich.

„Was ist, Punchybunchy?"

„Judy, diese Kinder wissen nicht, wo der König letzte Woche war."

„Na, wo wird er gewesen sein? Am Klo, wie jeden Tag."

Die Pointe schlägt voll ein, ein Klassiker.

Punch schlägt verzweifelt seinen Pappmachékopf gegen die Tischplatte. Wieder und wieder.

„Ja Kruzifixtürkengurkensalatdressing! Beim Zaren war er! Beim Zaren von Russland! Sie haben ein neues Abkommen verhandelt, einen Freihandelsvertrag! Und zwar am Di-Da-Donnerstag! Und der Di-Da-Donnerstag, der wievielte war das??"

„Das war mein Geburtstag", ruft Noelia. „Ich bin sieben geworden!"

Judy klatscht in ihre bereits sehr brüchigen Stoffhändchen. „Bravo! Das können wir uns ja alle super merken! Der Zar und unser König haben an Noelias Geburtstag das Freihandelsabkommen unterzeichnet!"

Punch holt den Besen aus der Schachtel, wackelt damit drohend vor den Kindern herum. „Und wer das je wieder vergisst, der bekommt Popoklatsch!"

Die Kinder lachen, seine Mutter klatscht in die Hände. Punch und Judy verbeugen sich.

James atmet einmal tief durch.

„So, und anlässlich dieses für unsere königliche Wirtschaft so wichtigen Datums, schreiben die Großen nun einen Aufsatz darüber, warum unsere Monarchie einen so großen wirtschaftlichen Aufschwung erlebt. Alle die unter euch, die keinen Aufsatz schreiben wollen, die könnten ein Gedicht dichten. So wie das, das ich euch heute früh vorgetragen habe."

In dieser Schule gibt es nur Arbeitsvorschläge. Zumindest bis zum Alter von zwölf. Und lesen, schreiben und rechnen lernen die Kinder eigentlich auch immer nur dann, wenn sie es wollen. James ist sich nie sicher, ob seine Aversion gegen diese Methode nicht daher rührt, dass ihm nicht solch eine freie Schullaufbahn vergönnt war. Er erinnert sich noch zu gut an seine Mutter, die neben ihm am Küchentisch saß und ihn in aller Liebe zwang, seine Aufgaben zu machen. Und die ihm in aller Liebe die Aufgabe zerriss, wenn sie nicht schön genug geschrieben war. Er seufzt.

„Und was machen wir?", fragt Ludovik. Er ist erst fünf.

„Du malst ein Bild. Vielleicht eines von unserem König."

„Ich mal den Zaunkönig, den ich gestern gesehen habe."

„Noch besser."

Er räumt Punch und Judy wieder in ihre Schachtel.

Hinten im Raum sitzt seine Mutter und blickt auf die Kinder, die ihre Mal- und Schreibsachen holen und sich einen Platz zum Arbeiten suchen.

„Seit wann gibt es wieder Papier?", fragt sie. „Ich hätte gerne auch ein Papier, Herr Lehrer."

James geht zu ihr und reicht ihr ein Blatt Papier und einen Bleistift. Mutter ist nun meist schon recht verwirrt. Oft meint sie, wieder in ihrer eigenen Kindheit zu sein. In den Jahren im Krieg. Sie konnte früher sehr hübsch zeichnen. Nun zeichnet sie meistens zerbombte Häuser und blutende Kinder in zerrissenen Kleidern, mit ausgemergelten Gesichtern. James versteckt ihre Zeichnungen immer vor den kleinen Schülern. Es ist nicht nötig, dass sie dies sehen, findet er. Manche haben die Aufnahmen aus Irland im Fernsehen gesehen und haben gefragt, warum Oma Rose Bilder von Irland zeichnet. Da ist seine Mutter ganz wütend geworden und hat gebrüllt, dass das die Deutschen waren, die ihr den Vater genommen haben. Danach hat James seine Mutter eine Weile im Gemeinschaftsraum gelassen, wenn er unterrichtete, irgendwer hat eigentlich immer ein Auge auf sie. Aber sie ist am ruhigsten, wenn sie bei ihm ist. Ist das nicht eigenartig? Er ist auch am ruhigsten, wenn sie in seiner Nähe ist. Vor der Krise konnte sie seiner Meinung nach nicht weit genug von ihm weg sein, und jetzt …

Ehe sie ins Plenum gehen, führt er sie noch langsam eine Runde um den neuen Seerosenteich. Alles hier ist liebevoll gestaltet, sie haben so viele geschickte Menschen hier. Endlich eine Gemeinschaft, in der James' Bedürfnis nach Ästhetik gestillt wird. Keine abscheulichen Betonklötze, die sich Haus schimpfen, keine modernen architektonischen Verwirrungen.

Sie trippelt neben ihm her, an seinem Arm hängend. Die Runde um den kleinen Teich dauert. Nicht nur wegen ihres Tempos, sondern weil sie einigen Mitbewohnern begegnen und jeder und jede hat ein paar freundliche Worte für seine Mutter.

Es rührt ihn, wie behütet sie hier ist, wie umsorgt als Älteste im Dorf. Es rührt ihn überhaupt viel in letzter Zeit, das muss das Alter sein. Oder das Dorf hat ihn weicher gemacht, denn auch ihn umsorgt man. Als er letztens mit einem verstauchten Knöchel darniederlag, da haben sie ihm Essen gebracht und ihn in den Gemeinschaftsraum getragen, damit er fernsehen kann. Ein paar Kinder haben sogar Fingerpuppen gebastelt und ihm etwas vorgespielt, das war – ach Gott, nun will er schon wieder rührend sagen …

Immer noch sitzt Mutter mit im Sesselkreis, ganz egal, ob sie etwas beitragen kann oder nicht. Wie alle anderen schließt sie den Kreis, reicht ihre Hände denen, die neben ihr sitzen. Sie besprechen die Aussaat für das heurige Jahr und wenn Mutter etwas einwirft, so hört man ihr zu. Auch wenn man sie nicht ernst nimmt. Schon gar nicht, wenn sie vorschlägt, Kaninchen anzubauen. Aber niemand korrigiert sie, dass man Kaninchen nicht anbauen kann.

Manchmal fragt James sich, in welchem Theaterstück er da eigentlich gelandet ist. Denn manchmal kommt ihm dieses Dorf im Süden Englands doch sehr surreal vor. Selbst die Krise ist hier irgendwie spurlos vorbeigegangen, denn sie waren ja davor schon autark, haben kaum unter den wirtschaftlichen

Folgen gelitten. Man könnte meinen, sie sind eine Insel auf der Insel, wenn nicht von Zeit zu Zeit im Fernsehen mal wieder übertragen wird, wie der König unter Trompetenfanfaren seine fünfhundert berittenen Boten ausschickt, um den Städten und Gemeinden wichtige Dekrete zu überbringen und sie dann ihren eigenen Boten sehen, der vor dem Rathaus ihrer Gemeinde einreitet. Das ist so verrückt, dass man es früher für einen schlechten Film gehalten hätte, aber man glaubt es kaum, seit der König allein regiert und die eigenwilligsten Rituale eingeführt hat, nehmen die Touristen vom Festland doch glatt die mühsame Reise per Bahn und Schiff auf sich, um England zu besuchen. Sie sind eines der ersten Länder, das wieder über einen boomenden Tourismus verfügt, der essentiell zu den Staatseinnahmen beiträgt … Ihre Exzentrik hat sie mal wieder gerettet.

Mutter ist inzwischen eingeschlafen, den Kopf auf die Schulter von Babette neben ihr gelehnt. Sie lächelt glücklich im Schlaf.

James wirft einen Blick zu Simon, der neben dem jungen George sitzt. Ach, was soll's. Soll er doch glücklich sein mit der jungen Hohlbirne. Auch dieses Bäumchen wird sich wechseln. Ist glücklich sein nicht das Wichtigste?

NEW YORK STATE

„Hast du deinen Pass?"

Sarah klingt furchtbar besorgt.

„Natürlich, Mom. Die Bibel, den Pass, das Gesundheitszeugnis, die Goldmünzen, die .38er, alles, was ich für meine Reise brauche."

Er ist wirklich ein stattlicher Bursche geworden, Doug. Zeit, dass er in die Welt hinausgeht und eine gute Ausbildung bekommt. Hank will nicht behaupten, dass der Junge nicht auch bei ihm einen Haufen gelernt hat, aber wenn man schon die Möglichkeit hat, in einer großen Firma wie der seines Bruders eine Ausbildung zu bekommen … auch wenn es natürlich weit ist, bis Texas.

War gar nicht so einfach, diesen Pass zu bekommen, man könnte fast meinen, die Behörden sehen es nicht gerne, wenn die jungen Leute die USA verlassen. Vielleicht ist es auch ein wenig Trotz, weil er eben die Einreise in Texas angefordert hat. Kanada, das ja immer schon Nachbarstaat war, soll einfacher sein, haben sie ihm gesagt.

Aber was soll er machen, sein Bruder lebt nun einmal in Dallas. Und hat angeboten, Doug zum Maschinenbauer auszubilden und unter seine Fittiche zu nehmen. So etwas lehnt man nicht ab, mit dieser Ausbildung stehen ihm viele Möglichkeiten offen.

Und mehr als einen Dorfschmied brauchen sie in ihrer Gemeinde nicht.

Sarah hat Tränen in den Augen, als sie Doug über die Haare fährt. Er ist inzwischen größer als sie.

173

„Ach, mein Junge. Gott wird dich beschützen. Melde dich regelmäßig! Iss ausreichend, du bist noch im Wachstum, du musst viel essen. Vergiss nicht jeden Morgen und Abend zu beten. Bob hat versprochen, dich in die Kirchengemeinde einzuführen, ich habe dir einen Brief für den dortigen Pastor eingesteckt, ach Junge, was wirst du mir fehlen!"

Hank legt den Arm um Sarah, drückt sie an sich.

„Nun komm schon, Sarah. Er ist ein großer Junge und geschickt. Er wird schon gut nach Texas kommen. Der Herr wird nicht zulassen, dass ihm etwas passiert, er, sein Beschützer, schläft nicht."

Nie wird er zugeben, dass auch ihm der Abschied sehr schwer fällt.

Doug beugt sich zu Grace hinunter, umarmt sie.

„Leb wohl, meine Kleine. Du pass gut auf Mama auf, ja? Ich schicke euch auch jeden Tag Nachricht. Und ihr haltet mich auch auf dem Laufenden."

Er nimmt die beiden Koffer, stellt sie noch einmal ab, um seinen Vater zu umarmen.

„Leb wohl, Dad. Ich werde dir keine Schande machen, das verspreche ich!"

Hank klopft ihm auf den Rücken, drückt ihn an sich.

„Darauf verlasse ich mich. Zeig denen da unten, aus was für Holz wir hier geschnitzt sind! Lass Bobby von mir grüßen und sag ihm, alle Heerscharen der Hölle werden ihn jagen, wenn er sich nicht ordentlich um dich kümmert."

„Ja, Dad."

Sie nehmen sich an den Händen und sprechen noch ein letztes gemeinsames Gebet, kein Auge bleibt trocken.

Doug nimmt erneut seine Koffer. Vor dem Haus wartet bereits der Nachbar, der mit seinem alten Pickup jeden Donnerstag in die Stadt auf den Markt fährt. Doug verstaut sein Gepäck auf der Ladefläche zwischen den Kisten mit Gemüse.

Sarah presst Grace an sich und die beiden winken, bis der Wagen hinter der Kurve verschwindet.

Hank presst die Lippen zusammen.

„Kommt, lasst uns hineingehen. Wir können heute Abend mit ihm telefonieren."

Er legt seine Hand auf Sarahs Rücken, führt sie ins Haus.

Grace, immer noch ein zartes, dünnes Mädchen, kniet sich in den Ohrensessel – sie hat diese eigenartige Angewohnheit, immer und überall zu knien statt zu sitzen – und nimmt das Stickzeug hervor, an dem sie vor kurzem begonnen hat, Kreuzstich zu lernen. Sie ist mit der Nadel fast so geschickt wie Doug es immer mit dem Hammer war.

Sarah steht ein wenig verloren in der Küche.

„Wie still es nun hier werden wird, ohne Doug."

„Ach was", versucht Hank sie zu trösten. „Wart nur ab, bis erst das Kleine da ist."

Die Erwähnung des neuen Babys zaubert ein Lächeln in Sarahs Gesicht. „Ja. Zu Weihnachten sind wir wieder zu viert."

„Wenn Gott es so will", fügt Hank rasch hinzu.

Zwei Mal hat Sarah bereits eine Fehlgeburt erlitten in den letzten Jahren, doch diesmal sieht alles hoffnungsvoll aus, die kritische Zeit ist längst überstanden.

„Wenn Gott es so will", wiederholt Sarah.

Sie sehen einander in die Augen.

„Der Herr stellt jeden an den Platz, der ihm gebührt", sagt Hank mit fester Stimme.

Sarah seufzt, mit einem kleinen Lächeln. „Ganz recht. Ich muss hinüber zu Dolores, hab ihr versprochen, mir ihre Buchhaltung vorzunehmen."

„Tu das."

Die Ablenkung wird ihr gut tun. Auch er wird in die Schmiede gehen und etwas arbeiten. Dies ist nicht der Tag des Herren, um die Hände müßig in den Schoß zu legen.

Das hätte vor fünf Jahren auch keiner geglaubt, dass Sarahs Können als Buchhalterin ihr einen angesehenen Platz in ihrer Gemeinde verschaffen würde.

Es ist eine harte Zeit gewesen, denkt Hank, als er hinüber in die Schmiede geht. Als wäre es gestern gewesen, erinnert er sich an jenen Tag, als Sarah mit der kleinen Grace hier aufgetaucht ist. Fast die ganzen zwei Wochen Quarantäne hat Hank benötigt, um mit sich ins Reine zu kommen. Sie war seine Frau. Seine Frau, die ihn fast vier Jahre davor verlassen hatte, weil er seine Zeit mit Weltuntergangsszenarien verbrachte. Aber sie war immer noch vor dem Gesetz seine Frau – auch vor Gottes Gesetz – die nun mit dem Kind eines anderen vor ihm stand. Und sie war Dougs Mutter.

Während Sarah, Doug und Grace in dem kleinen Container festsaßen, ging Hank mit sich in Klausur, hämmerte tagelang wie ein Wahnsinniger auf seinem Amboss, bis sein Hirn leer und sein Herz voll war.

Dann hing es nur noch davon ab, den Rat davon zu überzeugen, dass Sarah mehr zu bieten hatte, als Dougs Mutter zu sein. Und als Überzeugung nicht reichte – wer brauchte damals schon eine Buchhalterin – da griff er zu Erpressung. Entweder sie darf bleiben, oder er geht ebenfalls. Noch nie in seinem Leben hat er solch eine Machtposition innegehabt. Sie brauchten ihn. Es war ein ungeheures Gefühl, als sie zustimmten. Nie wieder will er das empfinden. Gott zeigte ihm Hochmut und er ist dankbar, der Versuchung des Teufels widerstanden zu haben.

Sarah beschließt, Grace mitzunehmen zu Dolores. Sie kann auch dort sticken. Oder malen. Wo nun schon Doug weg ist … Es erinnert sie daran, wie sie damals den kleinen Doug in den Bus setzte, damit er zu seinem Vater in Sicherheit käme. Er war nur zwei Jahre älter gewesen als Grace jetzt, rückblickend fragt sie sich, wie sie das geschafft hat damals. So ein kleines Kind … Aber die Zeiten sind damals eben anders gewesen. Und Doug war immer schon anders als Grace. Ein Junge. Und nicht so zart wie Grace.

„Mom?", fragt das Mädchen an ihrer Hand, als sie an der Gemischtwarenhandlung vorbeikommen. „Wenn Gott uns liebt, warum macht er dann, dass die Bonbons, die uns so viel Freude bereiten, so schlecht für unsere Zähne sind?"

Sarah lächelt.

„Damit wir lernen, Maß zu halten, mein Kind."

Maß halten, das ist wichtig. Das hat man ja gesehen, was aus der Welt geworden ist, als die Menschen nicht mehr Maß hielten. Sich Gier und Eigennutz hingaben. Das hatten sie dann davon. Sie kann nicht behaupten, dass sie nicht auch gesündigt hat, oh, beileibe, das kann sie nicht. Aber sie ist durch ihr Fegefeuer gegangen, das kann auch niemand bestreiten. Sie hat dafür gebüßt, dass sie den ihr vor Gott angetrauten Mann, den Vater ihres Sohnes, verlassen hat, in einer Zeit, wo er sie vielleicht am meisten gebraucht hätte. Sie hat dafür gebüßt, dass sie sich einem anderen Mann hingegeben hat, im Glauben, dass der sie liebe. Grace ist ein ewiges Zeichen für sie, dass Gott ihr verziehen hat. Er hat ihr dieses wunderbare Kind geschenkt, um an ihr zu beweisen, wie tief ihr Glaube ist. Gott hat ihr auch jene Männer verziehen, denen sie sich hingegeben hat, um Grace und sich in der schlimmsten Zeit durchzubringen. Hätte Gott ihr das nicht verziehen, der große, gütige Gott, lobpreiset ihn, so hätte er Hank nicht dazu gebracht, ihr ebenfalls zu verzeihen. Alles wird sie tun, den Rest ihres Lebens, um dieser Gnade gerecht zu werden.

Hank steht ein wenig verloren in der Schmiede. Sarah hat recht. Ohne Doug ist es still hier. Doch das Leben geht weiter. Hier, in ihrem Dorf, ihrer neuen Heimat.

Und im Süden, in Texas, in Dougs neuer Heimat.

Er muss noch ein neues Schloss für den Arzt machen. Nachher, in der Bibelstunde, da wird er fragen, ob ihm nicht jemand seinen Sohn als Lehrling schicken will. Er will weitergeben, was er in den letzten Jahren gelernt hat. Nicht nur an seinen Sohn.

Gott hat sie nicht umsonst durch diese Prüfung heil hindurch geführt.

LOS ANGELES

Der Regen ist eine willkommene Abwechslung. Hat Seltenheitswert in der Stadt. Es regnet niemals im Süden Kaliforniens, die paar Takte des Refrains gehen ihr nicht aus dem Kopf. Gott sei Dank prasselt der Regen so laut auf das Wagendach, dass eine Unterhaltung kaum möglich ist. Das ist Catalina sehr recht. Mal wieder hat Joe es geschafft, dass sie gemeinsam fahren müssen. Seit er wieder in ihr Revier zurückversetzt wurde nach den vier Jahren, die er in Santa Barbara unten war, hat er immer wieder versucht, sich mit ihr einteilen zu lassen. Manchmal kann sie es verhindern.

Heute nicht.

Kann er nach all den Jahren noch immer nicht akzeptieren, dass sie nicht will? Scheiß drauf, dass sie ihm damals das Leben gerettet hat. Wartet er darauf, dass sie mal wieder versucht, das ihre zu beenden, damit er sie retten kann? Damit sie quitt sind? Sie wird nicht so blöd sein, Selbstmord zu begehen, wenn man sie retten könnte.

Außerdem kann sie nicht Selbstmord begehen. Sie ist mal wieder die einzige, die Kohle ins Haus bringt. Seit sie ihren Bruder erschossen haben, verdammte Cops, das war doch abzusehen. Dad verkauft auch schon lange keine Autos mehr. Und Mom hatte nie einen Job. Und dann hat auch noch Jamila diesen eigenartigen Ausschlag gekriegt, sieht aus, als hätte sie Lepra, klar, dass die keinen Job findet. Und keiner weiß, was es ist. Irgendeine Allergie, sagt das Internet. Vielleicht ist Jamila genauso allergisch auf dieses Scheißleben wie sie.

Also warum bitte glaubt Joe, sich zu ihrem Beschützer

aufspielen zu müssen und sie auf möglichst vielen Touren als Partner zu begleiten? Sie kann sich ihren eigenen Suizid nicht leisten.

Scheiß drauf.

Und beschützen kann sie sich auch selbst. Wer hat damals wem das Leben gerettet, hm?

Joe sieht zum Fenster hinaus. Sie reden selten.

Wenigstens haben die Hill-Fahrten aufgehört. Lebt ja auch fast keiner mehr dort, der etwas auf sich hält. Seit Hollywood seine Filmstudios nach Montana verlegt hat … die konnten es sich eben leisten, weg aus diesem Brutkasten hier zu gehen. Soll schön kühl dort oben sein, und viel freies Land, um eine neue Filmstadt aufzubauen. Kein Erdbeben- und Brandgebiet. Unberührte Natur, Drecksäcke.

Nur ein paar der alten Stars halten der Stadt der Engel noch die Treue. Warum auch immer. Früher dachte Catalina, die Stadt der Engel sei ein Teil des Himmels. Heute weiß sie, Engel haben immer etwas mit Toten zu tun. Auch heute noch, fünf Jahre danach. Nun stirbt eben die Stadt. Kaum waren die ganzen Filmstudios weg und mit ihnen die reichen Stars, hat sich die Natur Beverly Hills wieder einverleibt bei den nächsten Bränden. Der halbe Topanga State Park ist in Flammen aufgegangen. Da sieht man wieder, wo Bäume sind, da brennt es, haben die einen gesagt. Idioten. Sie haben diese verrückten Brandstifter doch sogar gefasst, die „auf der Asche der Vergangenheit eine neue Zukunft" aufbauen wollten. Häufen sich überhaupt, die Verrückten, kommt ihr vor.

Schrumpft die Stadt eben immer weiter. War sowieso ein Moloch. Größer als ganz Österreich …

Catalina hat das damals ja gegoogelt, dieses Land, aus dem dieser Bernd kam. Das war auch so eine Lüge, dieses Österreich ist sehr wohl größer als L.A.. Wäre ja auch zu wahnwitzig. Weniger Einwohner hat es, also, hat es gehabt, wenn L.A. weiter so von der Flucht betroffen ist …

„Was hältst du von einem Kaffee?" Joe sieht sie fragend an.

Catalina zuckt die Schultern. Obwohl die Schicht schon lange dauert, sie ist nicht müde. Ihre kleinen weißen Freunde helfen ihr immer brav durch den Tag. Die paar Einsätze, die sie heute hatten, waren nicht der Rede wert, aber wenn Joe will …

„Von mir aus."

Er deutet auf ein kleines Geschäft an der Ecke des nächsten Blocks. „Ich hol uns welchen."

Catalina hält den Wagen an, bleibt sitzen, während er in den Regen hinausspringt, die Kapuze seiner Jacke über den Kopf zieht.

Sie schaltet das Radio ein, hört den Nachrichten zu. Die Börsenkurse steigen weiter und weiter, das ist ja wohl der größte Witz, fünf Jahre lang nur im Plus.

Na, wie schön.

Joe kommt mit zwei dampfenden Pappbechern in den Händen und einer Papiertüte unter dem Arm zurück. Sie beugt sich zur Beifahrertüre und öffnet ihm. Er stellt die Becher am Armaturenbrett ab, steigt ein und schält sich aus seiner nassen Uniformjacke.

„Hier, ich hab uns auch Doughnuts mitgebracht."

„Danke."

Sie macht keine Anstalten, einen zu nehmen.

Der Regen wird wieder stärker, der Dampf der Kaffeebecher lässt die Windschutzscheibe beschlagen. Joe dreht das Radio leiser, der Funk knattert vor sich hin, aber es ist nichts dabei, bei dem sie als First Responder in Frage kommen. Sie können eine kurze Pause machen.

Catalina starrt in den Regen hinaus. Pausen mag sie nicht. Am liebsten sind ihr Dienste, wo sie von Notfall zu Notfall hetzt. Pause heißt, Zeit zum Denken. Sie denkt nicht gerne.

„Catalina?"

Joe hält ihr einen Doghnut vor die Nase. Einen mit rosa Zuckerguss, ihre liebsten.

Sie nimmt ihn, zögerlich.

„Du hast heute noch nicht gegessen."

Sie zuckt die Schultern.

Der Doughnut ist unglaublich süß, die Glasur klebrig. Sogar bunte Streusel sind darauf.

Joe stützt seinen Fuß gegen das Armaturenbrett, schlürft den heißen Kaffee.

„Catalina?"

„Hm?"

„Ich habe nachgedacht."

„Worüber?"

„Über dich."

Sie schnaubt. Scheißregen. Sie kann nicht mal aussteigen.

„Und?"

Jetzt kommt sicher eine Predigt, wie sehr sie sich verändert hat. Und? Das weiß sie selber.

Joe zieht einen Zettel aus seiner Hemdtasche.

„Ich habe eine Liste gemacht."

Ach du Scheiße. Worüber? Wie oft er sie beobachtet hat, wenn sie zu ihrem Flachmann greift? Wie oft sie ein Schimpfwort benützt hat? Oder hat er gar mitbekommen, wenn sie sich irgendwelche Tabletten einwirft? Dass die in ihren Vorräten fehlen? Scheiße, Scheiße, Scheiße.

Sie schaut zum Fenster hinaus. Vielleicht hört er ja auf, wenn sie nicht reagiert.

„Also", fährt Joe ungerührt fort. „Ich bin zwar nicht alle Fahrten mit dir mitgefahren in den letzten Jahren, aber ich habe die Dienstberichte eingesehen."

Ihr Kopf fährt herum. Er hat was, der Scheißkerl?

Joe hebt besänftigend die Hände. „He, du musst mich nicht gleich auffressen. Das war reiner Egoismus. Wegen der Band. Die will ich immer noch machen. Mit dir."

Sie runzelt die Augenbrauen. Was will er von ihr? Diese Band war Kinderkram damals, wer braucht eine Band?

„Also", setzt Joe erneut an. „Hier, ich habe es ganz genau. Du hast in den letzten fünf Jahren achtzehn Menschen definitiv das Leben gerettet und 297 wahrscheinlich. Bei 72 kam jede

Hilfe zu spät. Und einen haben wir umgebracht. Keine so schlechte Bilanz, oder?"

„Wir?"

Joe sieht sie ernst an. „Ja. Wir. Es ist mein Toter ebenso wie deiner. Oder ebenso wenig. Die Situation war einfach, wie sie war. Ein Patient ohne Puls und einer, der austickt. Zwei Tote waren gewiss. Hättest du ihn nicht erschossen, hätte er mich erstochen oder ich ihn."

Er schweigt. Wartet auf eine Antwort.

Er hat das schon einmal zu ihr gesagt, so ähnlich, ganz am Anfang.

Sie zuckt die Schultern. Das ändert auch nichts an all der Scheiße, die sonst hier passiert, an ihren verfickten Leben.

Sie startet den Wagen, doch Joe legt ihr sanft die Hand auf den Arm.

„Hey, du bist mir wichtig. Ich möchte, dass du wieder in Ordnung kommst. Du warst immer die beste Partnerin im Wagen."

Sie schnaubt. Gibt Gas und reiht sich rasch wieder in den Verkehr ein.

Joe schweigt.

Ihre Fahrt führt sie an Chinatown vorbei. Verdammtes Chinatown, was für ein Drecksloch, sie kann es nicht mehr sehen. Sie passieren gerade die Reste des einst so oft fotografierten Eingangsbogens, als ein Mann vor ihnen auf die Straße springt, aufgeregt winkt.

Catalina flucht und knallt ihren Fuß auf die Bremse. Der restliche Kaffee schwappt aus den Bechern aufs Armaturenbrett.

Sie kommt vor dem Mann zum Stehen, das Auto hinter ihr hupt. Joe schaltet das Blaulicht ein und die Warnblinkanlage, das Hupen verstummt.

Der Mann kommt zur Beifahrerseite, Joe lässt die Scheibe hinunter. Unter der Kapuze des grauen Mantels blicken die ängstlichen Augen eines jungen Chinesen hervor.

„Mitkommen, bitte."

„Haben Sie einen Notfall?"

„Ja. Bitte, bitte, rasch."

Catalina lässt den Wagen an den Straßenrand rollen, während Joe über Funk Bescheid gibt. Sie war schon ewig nicht in Chinatown.

Sie schnappen ihre Koffer, hetzen dem jungen Mann hinterher. Joe zieht seine Pistole aus dem Holster unter seiner Jacke, es ist immer noch Pflicht. Catalina spürt Übelkeit hochwallen, der Doughnut liegt plötzlich schwer im Magen, drängt nach oben.

Sie laufen vorbei an einem ausgebrannten Gebäude, halbverfallenen Geschäften. Hier war doch der Stand, wo sie immer Baozi gekauft hat …

Der Mann führt sie in ein Haus, dessen Fenster mit alten Reissäcken verhängt sind.

Das erste, was Catalina in dem dämmrigen Raum sieht und riecht, ist Blut. Sie mag Blut, irgendwie. Blut ist besser als Scheiße, Pisse oder Kotze. Auf einem schmalen Bett liegt eine junge Frau, die Frau des Mannes, nimmt sie an, und das Blut kommt zwischen ihren Beinen hervor, ein dunkler Fleck auf dem hellen Leintuch. Catalina hört Schluchzen.

Joe hat eine Taschenlampe gezückt, drückt sie dem Mann in die Hand. Mit einem Schlag ist die Szene hell und klar.

Auf der Brust der Frau liegt ein Neugeborenes, es ist blau angelaufen. Die Nachgeburt liegt ein wenig unterhalb auf ihrem Bauch, die Nabelschnur ist noch intakt.

Ein kurzer Blick zwischen den beiden Sanitätern.

Sie sind ein eingespieltes Team, nach all den Jahren. Sie können sich aufeinander verlassen.

Der Lichtschein der Taschenlampe zittert, mit der der Ehemann ihnen leuchtet. Er murmelt leise vor sich hin, Gebete, nimmt Catalina an.

Sie versorgt die Mutter, presst auf den Bauch, um die Blutung zu stoppen, würde Gott weiß was für eine Packung

Eiswürfel geben. Das kühle Metall ihres Flachmanns bringt ein wenig Besserung. Aus dem Augenwinkel sieht sie, wie Joe den Säugling, den er gerade an den Füßen hochgehalten und auf den Po geklopft hat, auf den Boden legt. Wie sich das Neugeborene noch immer nicht rührt.

Catalina deutet dem Chinesen, wie er weiter den Flachmann auf den Unterbauch seiner Frau drücken soll. Die Plazenta liegt jetzt neben der Frau auf dem Bett, ihr Blut tröpfelt nun wieder durch die Nabelschnur zu dem Kind, das am Boden liegt.

Sie sieht Joe in die Augen, er tritt zur Seite, lässt sie an den Säugling ran.

Ihre Fingerspitzen drücken sanft und rasch gegen das zarte Brustbein. Sie beugt sich hinab über das winzige Mündchen in dem bläulichen Gesicht, von dem Joe bereits den Schleim abgewischt hat. So winzig. So unschuldig.

Ihr Atem wird zum Atem des Kindes. Der Kuss des Lebens, heißt es nicht so?

Ein leises Zucken. Ein schwaches Quäken.

Es ist schon viel später, als sie Chinatown verlassen. Mutter und Kind sind wohlauf. Wenn auch nicht im Spital, wo sie eigentlich hingehören. Wo man sie früher hingebracht hätte.

Sie werden morgen wieder vorbeischauen.

Und übermorgen.

„Was hältst du von *Kiss of life* als Name unserer Band?", fragt Catalina.

TOKYO

Yolaine steht am Fenster und blickt hinunter auf die Stadt. Ihr fallen ein paar braune Gestalten auf, sie sieht sie nun immer öfter in letzter Zeit. Ein neuer Trend unter den Jugendlichen. Haben sie sich früher wie ihre Lieblingscharaktere aus den Anime Filmen verkleidet, so laufen nun viele in dicken Teddybär-Gewändern herum. Yolaine hat schon alles mögliche unten auf der Straße entdeckt. Braunbären, Schwarzbären, viele Pandas und einmal auch einen Koala. Es sieht kuschelig aus, denkt sie. Sie haben rund um die Uhr ein tröstliches Kuscheltier bei sich.

Vielleicht sollte sie sich auch so etwas zulegen. Wenn sie dann die Kapuze tief ins Gesicht zieht, erkennt keiner die Französin …

Wobei, so viele Menschen sieht man gar mehr auf der Straße, viel weniger noch als früher. Sie sagen, die Selbstmordrate ist noch höher als davor – sie zählte immer schon zu den höchsten weltweit – und auch die Rate jener, die nie ihre Wohnung verlassen, ist sprunghaft gestiegen. Der Trend ist auch nicht neu. Mehr als eine halbe Million dieser Hikikomori gab es vor dem Virus schon, Yolaine fand das immer furchtbar traurig. Und nun ist sie selbst eine von denen, die die Wohnung nur kurz verlassen.

An guten Tagen geht sie hinaus und setzt sich auf eine Bank in dem kleinen Park ein paar Straßen weiter. Sie liebt es, ihre Schuhe auszuziehen und die nackten Füße ins Gras zu stellen. Dann spürt sie es wieder. Dieses Gefühl, mit allem verbunden zu sein. Als pulsiere die Kraft der Erde in ihr. Hier heroben, im zehnten Stock, ist es schwieriger, dies zu empfinden. Anfangs, als sie noch so voll war mit diesem allumfassenden Gefühl, mit dem, was sie ihr inneres Leuchten nennt, war sie auch erfüllt von dem Drang, den Menschen mit ihrer überströmenden Liebe entgegenzukommen. Sie wollte sich in den Suppenküchen hilfreich betätigen. In den Spitälern. Doch je öfter sie auf Ablehnung traf – auf Ablehnung ihrer Nationalität, nicht ihrer Person, bemüht sie sich zu glauben – desto schwerer fiel es ihr, dieses wunderbare Gefühl aufrecht zu erhalten dort draußen. Nun geht sie hinunter, in den Park, den Blick gesenkt, meditiert auf ihrer Bank und kehrt dann wieder in ihre Wohnung hoch über der Stadt zurück. Man kann seine Liebe für die Welt auch anders ausdrücken, als in direktem Kontakt. Sie macht Übersetzungen für wohltätige Organisationen. Spendet ihre Zeit, indem sie lange mit Kindern in den Spitälern telefoniert, um ihnen den Tag zu verkürzen. Wer genau hinhört, hört ihren Akzent auch nach dreißig Jahren noch heraus, aber die Kinder sind da nicht so genau. Sie haben noch keine Vorurteile.

Die Kinder … nach einem dieser Kinder hat sie ganz besondere Sehnsucht. Vor einem Jahr ist Mion Vater geworden. Sind sie Großeltern geworden. Naotos Eltern sind damals in ein lautes Wehklagen verfallen, wie kann Mion nur, eine Französin, sie hatten so gehofft, dass er zurückkehrt, eine Japanerin zur Frau nimmt, wenn seine Mutter schon … Yolaine war es egal, egal, ob sie Französin, Japanerin, Chinesin oder sonst was war. Sie ist nett. Und ihr Sohn liebt sie, was braucht es mehr. Jede Woche skypen sie, zumindest kann sie so ihren kleinen Enkel heranwachsen sehen. Aus der Ferne.

Hier, in der winzigen Wohnung sitzen, auf die Stadt hinabschauen, und für ihren Enkel Geschichten über das Leben aufschreiben.

Naoto gefällt das nicht. Er macht sich Sorgen, wenn sie den ganzen Tag in der Wohnung sitzt und er macht sich Sorgen, wenn sie alleine hinunter in den Park geht. Aber ihr ist noch nie etwas geschehen.

Naoto ist froh, als ihn der Wagen vor seinem Haus absetzt. Normalerweise steigt er einige Straßen weiter aus und geht ein Stück zu Fuß. Weil es ihm gut tut, zu gehen, den Kopf ein wenig frei zu bekommen. Und weil er es nicht mag, wenn jemand aus seinem Wohnhaus sieht, wie er aus einem großen Wagen steigt. Aber heute hat er es eilig.

Yolaine, die immer noch aus dem Fenster blickt, sieht den Wagen vor dem Haus halten und Naoto aussteigen. Er ist früh dran heute. Sie eilt in die Küche, um den Wasserkocher einzuschalten. Er liebt es, eine gute Tasse Tee zu trinken, wenn er heimkommt.

Sie hört das leise Surren des Aufzugs, der hinab ins Erdgeschoß fährt.

Sie macht sich Sorgen um ihn. Er ist zu alt für diesen Job, den er angenommen hat. Und jeden Abend, wenn er heimkehrt, sieht sie ihm an, wie sehr ihm diese Arbeit widerstrebt. Wie sehr er sein Dojo vermisst.

Er hat alles versucht nach dem Vivi-Day, um wieder Schüler zu bekommen. Ein paar Getreue kamen zurück, doch die Raummiete war zu hoch, als dass die wenigen es erhalten konnten. Yolaine kann es Naotos bestem Schüler nicht verzeihen, dass er ein eigenes Dojo nur zwei Straßen weiter eröffnet hat. Und dass er seine Werbung mit „junges und pur-japanisches Aikido" betrieb. Sie hat dreißig Jahre den Unmut von Naotos Eltern ertragen, doch als er nun ihretwegen – denn sie empfindet es als ein ihretwegen, egal wie oft Naoto sagt, dass es nicht daran lag, dass die Schüler ausblieben – auch noch sein geliebtes Dojo verlor, auf seinen geliebten Unterricht verzichten musste, das brachte sie an den Punkt, ihn zu verlassen. Ihr kommen immer noch die Tränen, wenn sie daran denkt, wie Naoto meinte, wenn sie geht, dann hat auch das beste Dojo keinen Sinn für ihn.

Draußen auf dem Gang ist die Türe des Aufzugs zu hören.

Naoto begegnet der jungen Familie, die ein paar Türen weiter wohnt. Jedes Mal erschreckt es ihn, wie dünn die beiden Kinder sind. Die Hungersnot ist an keinem spurlos vorüber gegangen. Japan war immer schon ein Land, dass von Importen abhängig war. Und lange Zeit war es schwierig, genug Lebensmittel aus dem Ausland zu bekommen. Man kann nur dankbar sein, dass sie in den letzten Jahren zumindest von größeren Erdbeben oder anderen Natur-katastrophen verschont geblieben sind.

Naoto verbeugt sich höflich, die Mutter erwidert es.

Yolaine hat bereits die Wohnungstüre geöffnet und erwartet ihn lächelnd.

„Du bist früh. Dein Tee muss noch ziehen."

Er schlüpft aus seinen Schuhen, stellt sie ordentlich ab. Gibt Yolaine einen Kuss und geht ins Bad, um aus dem grauen Anzug in seinen bequemen Yukata zu wechseln. Der dünne Kimono ist schon ein wenig durchgewetzt. Als er den Gürtel verknotet, gibt es ihm einen leichten Stich. Er sieht seine Hände, so wie früher, wo er Tag für Tag den Gürtel seines Gis knotete, dann den des Hakamas darüber, um sich im Dojo dem Unterricht zu widmen. Er seufzt.

Es ist ein Stich der Hoffnung in seiner Brust, keiner der Trauer, stellt er fest.

Yolaine hat die Teekanne und die beiden dünnwandigen Tassen auf den kleinen Tisch gestellt und daneben auf der Reisstrohmatte Platz genommen. Nach wie vor, obwohl ihr Knie das Sitzen auf dem Boden nicht mehr so gutheißt, empfindet sie die Schönheit ihrer traditionell eingerichten Wohnung als wohltuend. Es gibt keinen angenehmeren Boden als diese Reisstrohmatten, findet sie.

Naoto tritt aus dem Bad, setzt sich lächelnd zu ihr. Schweigend schenkt sie ein.

„Domo arigato", sagt Naoto und führt die Tasse mit beiden

Händen an seinen Mund. Die Wärme, die durch das dünne Porzellan dringt, tut ihm gut. Es tut immer gut, heimzukommen und gemeinsam Tee zu trinken.

„Wie war dein Tag?", fragt er, nachdem der erste Schluck als wohlige Entspannung seine Kehle hinabrinnt.

„Gut", antwortet Yolaine und verändert ihre Position vom Knien in ein Sitzen mit seitlich eingeschlagenen Beinen.

Sie weiß nie so recht, ob es besser ist, wenn sie Naoto sagt, wie zufrieden und gut ihr Tag war, um ihn zu beruhigen, oder ob ihm dies noch mehr vor Augen führt, wie zwiespältig er seinen Job empfindet.

„Ich habe heute Sartres Briefwechsel mit Simone de Beauvoir zu Ende gelesen. Und einmal mehr festgestellt, dass ich gewiss nicht der Typ für so eine Form der Beziehung wäre ..."

Sie lächelt, kokett und dankbar.

„Das ist gut", antwortet Naoto.

„Und wie war dein Tag?"

Seit er diesen Job angenommen hat, hat er mit sich selbst gehadert. Es ist gewiss nicht das, was er mit gutem Gewissen macht. Aber so groß ist die Auswahl nicht, wenn man als Aikido-Lehrer kein Dojo mehr hat. Und es war der einzige Job, bei dem seine Ehe mit einer Gaijin eher ein Vorteil denn ein Nachteil war. Security. Er weiß, was das für Leute sind, die er da beschützt. Man redet nicht darüber, aber man weiß es. Und sie bezahlen anständig, darauf kommt es im Moment einzig und alleine an.

Er lächelt.

„Heute ist ein besonderer Tag."

Yolaine blickt fragend.

„Ich wüsste nicht ..."

Naoto kann endlich das machen, worauf er sich schon die ganze Heimfahrt über freut. Er steht auf, in der in Jahrzehnten des Trainings üblichen Form, nach wie vor geschmeidig und anmutig, wie Yolaine findet. Aus der Brusttasche seines Anzugs, den er im Bad aufgehängt hat, holt er ein schmales Kuvert und reicht es seiner Frau.

„Was ist das?"
Keine Adresse, kein Absender. Ein schlichtes, weißes Kuvert. Sie wagt nicht, es zu öffnen.
Naoto holt den Laptop, der auf einem Regal an der Wand steht, und schaltet ihn ein.
„Wir sollten Mion anrufen. Sie sind sicher bereits wach."
„Mion?"
Yolaine spürt, wie Aufregung sie erfasst.
„Mach auf." Er deutet auf das Kuvert.

Sein Herz klopft laut vor unbändiger Freude. Dieser Moment ist die letzten Jahre wert. Dieser Moment ist die Kontakte wert, die er durch seinen neuen Job gebildet hat. Ohne diese Kontakte wäre dies nicht möglich.

Yolaine öffnet das Kuvert, zieht die darin enthaltenen Papiere heraus.
Sie starrt darauf. Plötzlich scheint sie alles Japanisch verlernt zu haben, die Schriftzeichen ergeben keinen Sinn. Sie starrt Naoto an.

Naoto lächelt. „Abflug in zwei Wochen. Zwischenstopp in Neu Delhi. Mein Boss muss nach Paris. Und wir fliegen mit."
Am Bildschirm des Laptops erscheint Mion, den kleinen Tati am Schoß.
„Bonjour Maman, wie geht es?"
„Gut geht es", sagt Yolaine. „Sehr gut."

IM HAFEN VON AUCKLAND

An: Herrn Raphael Schmidt
Von: Alexander Schillhammer
Betreff: Berichterstattung

Sehr geehrer Herr Schmidt!

Ich befinde mich noch auf dem Pazifik-Segelschiff Ocean Queen II. Wie Sie aus dem letzten Reisebericht vernehmen konnten, hat sich unsere Ankunft aufgrund einer längeren Flaute verzögert.

Im Anhang finden Sie einiges an Bonusmaterial, das Sie nach eigenem Gutdünken für Ihr Magazin verwenden können. Es handelt sich dabei um Einblicke in Lebensgeschichten, die ich verfasst habe, basierend auf Interviews, die ich auf meiner Reise geführt habe. Sie passen nicht direkt in die von Ihnen / uns geplante Serie über „Weltreise in neuen Zeiten", aber ich bin sicher, dass Sie guten Nutzen dafür finden werden.

Dies bringt mich zu dem wahren Grund dieses Emails.

Entgegen unserer Abmachung, dass ich die Welt mit den einer „normalen" Privatperson zur Verfügung stehenden Verkehrsmitteln umrunde, teile ich Ihnen hiermit mit, dass ich meine Reise hier in Neuseeland beende.

Dennoch denke ich nicht, dass ich Ihnen dadurch finanziellen Schaden zugefügt habe. Ich habe Ihnen die letzten vier Monate weit über das vereinbarte Maß hinaus Berichte geschickt. Sei es von der ersten Etappe innerhalb Österreichs mit meinem alten VW Bus (der hoffentlich nach wie vor diesem Obstbauern gute Dienste leistet), sei es von der Bahnfahrt nach England, der Reise auf dem Frachtschiff über den Atlantik, die vielen Episoden von der Durchquerung der USA per Greyhound und Autostopp (mein Bericht über die Geisterstadt Las Vegas hat Ihrem Verlag einen absoluten Rekord an Onlinezugriffen verschafft und hat daher fast alleine die ganze Reise finanziert), die Fahrt auf dem Supertanker nach Japan (meiner Meinung nach die unangenehmste Reisestrecke) oder die wirklich spannenden Beiträge von der letzten Etappe auf dem Segelschiff (denken Sie nur an die Episode mit dem Piratenüberfall auf der Höhe von Malaysien, ein weiterer Hit bei ihren Lesern). Zusätzlich halten Sie nun auch noch diese Kurzbiografien in Händen.

Da Sie – auf mein Anraten und die Ungewissheit der heutigen Transportmittel bedenkend – ohnehin jede Reiseetappe erst kurz vor Antritt finanziert haben, entsteht Ihnen auch hier kein zusätzlicher finanzieller Schaden. Ebenso hatten wir ja vereinbart, dass meine Berichte unter dem Titel „Unterwegs" laufen und es, da wir ja nie wussten, ob diese Reise nicht an den Schwierigkeiten des heutigen Reisens scheitert, nie unter dem Titel „Weltreise" aufscheint. Sie finden bestimmt ein hübsches Abschlusskapitel. Schließlich ist Neuseeland ja für viele so etwas wie das gelobte Land. Wie es in der Realität aussieht, werde ich in Kürze persönlich feststellen.

Es kann natürlich – unter Umständen, die ich nicht hoffe, dass sie eintreten – sein, dass ich doch gezwungen bin oder mich dazu entscheide, nach Österreich zurückzukehren. In diesem Fall werde ich Sie natürlich informieren, ob von Ihrer Seite Interesse besteht, dies zu dokumentieren und somit zu finanzieren.

Wenn alles nach meinem Plan geht, wird dies aber nicht der Fall sein.

Verzeihen Sie mir, dass ich unsere Zusammenarbeit nun einseitig aufkündige, doch ich sehe mich außerstande, weiterzureisen. Ich könnte Sie natürlich anlügen und behaupten, dass gesundheitliche Probleme mich dazu zwingen, doch ich gestehe, dass es Gründe äußerst privater Natur sind.

Vielen Dank für die großartige Zusammenarbeit.

Ihr Alex

Alex drückt auf Senden. Dann löscht er seinen Email Account. Seine letzte Brücke nach Zuhause ist damit abgebrochen. Ob er es wohl noch bereuen wird?

Er verstaut seinen Laptop in seinem Rucksack, sieht sich noch einmal in der winzigen Kabine um, in der er den Großteil der letzten Wochen verbracht hat. Sie haben alle Einreiseformalitäten bereits an Bord hinter sich gebracht, den Temperaturscan, die Blutabnahme für die gründlichen Untersuchungen. Vorhin kam die Durchsage, dass nach dem medizinischen Check allen Passagieren die Einreise gestattet wird. Inzwischen ist er dieses Prozedere schon so gewöhnt, dass er es wohl vermissen wird. Oder auch nicht.

Er nimmt das Foto von seinem Nachtkästchen. Lola hat es ihm nach Japan gesendet, wo er es netterweise bei einem älteren Ehepaar ausdrucken durfte. Er ist sich aber sicher, dass er sie auch so erkennen würde. Sie sieht Birgit sehr ähnlich.

Die Schiffglocke läutet, Zeit, von Bord zu gehen.

Alex schultert seinen Rucksack, schiebt das Foto in seine Jackentasche und hält seinen Pass griffbereit.

Es ist ein wunderbar sonniger Tag, als er seinen Fuß von der hölzernen Gangway auf das andere Ende der Welt setzt.

EIN WORT DANACH

Zwei Prozent, darauf haben wir uns nach harten Verhandlungen geeinigt.

Seit meiner Kindheit habe ich eine eigentümliche Faszination für Katastrophenliteratur. Begonnen hat es mit dem Sciene Fiction Roman *Luzifers Hammer*. Riesiger Meteorit trifft Erde, heroische Amerikaner halten die Flamme der Zivilisation am Leuchten. Ich war sofort begeistert und habe seitdem so ziemlich alle Klassiker des Weltuntergangs-Genres gelesen: *The Road, Lobgesang für Leibowitz, The Stand, Alas Babylon, The Beach, Day of the Triffids, I am Legend, Into the Forest, World War Z* und viele, viele mehr.

Ich wollte zehn Prozent, das war meiner Frau viel zuviel.
Und ich höre ja auf meine Frau.

Vor Kurzem habe ich ein Planspiel zu einer globalen Pandemie im Internet mitverfolgt. Die Annahme war eine Coronavirus-Pandemie. Welche medizinischen, ökonomischen und psychologischen Folgen hätte so eine hypothetische Seuche am Beginn des 21.Jahrhunderts mit globalisierten Waren- und Personenströmen, ökonomischen Abhängigkeiten quer über den Globus und wie würde der moderne westliche Mensch mit einer solchen Bedrohung umgehen. Die sogenannten Eliten aus Medizin, Wirtschaft und Politik saßen an einem Tisch und ihre Diskussion zu verschiedenen Problemstellungen in Folge einer Pandemie wurden live gestreamt. Kluge Dinge wurden gesagt und es wurde gescherzt, ist ja nur eine Simulation. Was sind schon hundert Millionen Tote auf oder ab unter Freunden, solange der Rubel rollt.

In einem Jahr sterben in einem europäischen Land über den Daumen ca. 1,5 Prozent der Gesamtbevölkerung. Zwei Prozent zusätzlich sind dann also nicht viel mehr als die doppelte normale Sterblichkeit eines Jahres, wahrlich kein Weltuntergangsszenario, einfach ein schlechtes Jahr erwischt ...

In Folge der Spanischen Grippe starben nach heutigen Schätzungen 50 – 100 Millionen Menschen. Warum wurde diese Krankheit die Spanische Grippe genannt, wenn ihr Ursprung heutzutage in Nordamerika vermutet wird? Weil Spanien als eines der wenigen Länder eine Berichterstattung über die Krankheit erlaubte, überall anders wurde auf staatlichen Befehl streng zensiert. Die Todeszahl ist höher als alle Opfer des Ersten und Zweiten Weltkriegs kombiniert. Wie viele Bücher und Filme gibt es über die Kampfhandlungen beider Weltkriege und den Holocaust?
Und wie viele Bücher oder Filme gibt es über die Spanische Grippe? Ich kenne keinen Film und nur sehr, sehr wenige Fachbücher, literarische Bücher gar keine. Eigenartig, als ob es ein Tabuthema wäre.

Objektiv gesehen ist eine Pandemie mit einer Letalität im einstelligen Prozentbereich wahrlich kein Weltuntergang. Moderne Historiker sehen die Pestepidemien des Mittelalters mit einer Todesrate eines Drittels der Bevölkerung vielleicht sogar als Anfang vom Ende des mittelalterlichen Feudalsystems, der einzelne Mensch hatte danach mehr Wert. Die Spanische Grippe hat kaum einen spürbaren Knick im Wachstum der Weltbevölkerung hinterlassen und ist heute vollständig aus unserem kollektiven Gedächtnis getilgt.

Wovor fürchten wir uns also?

Zwei Prozent, darauf haben wir uns nach harten Verhandlungen geeinigt.

Ich bin kein großer Fan der Weltuntergangs-Literatur. Das mag verrückt klingen, wenn man meine Romane über die Pest und das Ende des Ersten Weltkriegs kennt. Und ich gebe auch zu, dass manche der Bücher aus Gerhards Liste mich fasziniert haben (vor allem *Into the Forest*). Aber als Gerhard mit der Idee kam, einen Roman über eine fiktive Pandemie zu schreiben, da war ich im ersten Moment nicht allzu begeistert.

Das Thema ist mir zu nahe an der Wirklichkeit.

Eben deshalb, sagte Gerhard.

Eben deshalb, sagte auch ich.

Ich bin eine Hypochonderin. Mein Sohn erzählt mir, dass er Knieschmerzen hat und ich beginne zu hinken. Ich höre, dass in der Schule die Darmgrippe umgeht, und mein Magen beginnt zu zwicken. Als ich *Chulm 1349* schrieb, litt ich an Panik vor der Pest, sehr rational, ich weiß. Und nun sollte ich über eine Pandemie schreiben, die jederzeit passieren kann, laut Experten unausweichlich ist in der globalisierten Gegenwart, nur eine Frage der Zeit.

Aber dann hat mich der Ehrgeiz gepackt.

Es sollte ein positives Buch werden.

Und es sollte ein Experiment sein: Wie schnell kann man einen Roman von der Idee bis zum fertigen Produkt schreiben (anders ausgedrückt: was ist die kürzest mögliche Zeitspanne, mich einem Weltuntergangs-szenario zu stellen und dabei Sinnvolles herauszubringen).

Und ich wollte mich zwingen, meiner hypochondrischen Panik in die Augen zu sehen.

Ich bin die Göttin meiner Buchwelt. Wir haben uns auf zwei Prozent Letalitätsrate geeinigt. Er wollte zehn. Zu mehr als zwei war ich nicht bereit. In meiner Buchwelt kann ich das. Das tut gut.

Am ersten Abend haben wir gemeinsam ein grobes Konzept erstellt. Den ersten Versuch am nächsten Morgen wieder verworfen, die Idee eines Interview-Buches war zu langweilig. Also nochmal neu begonnen. Zwei Wochen Zeit haben wir uns gegeben.

Ich schrieb, Gerhard lektorierte, ich bin der Gefühlsmensch, er ist der Faktenmensch. Welch Klischee. Dann ging ich noch einmal über den Text drüber, nicht vergessen, ich bin die Göttin meiner Buchwelt und ich bin eine gnädige Göttin. (Mein Mann wäre ein nicht so gnädiger Gott.)

Ich erhöhte mein tägliches Schreibpensum in einen Bereich, der mich mit einer unbekannten Genugtuung erfüllte. (Der Nachteil: von nun an habe ich keine Ausrede mehr, dass ich nicht so viel schreiben kann … 7000 Wörter am Tag scheinen plötzlich normal) Nach 7 Tagen (incl. Fehlstart) waren wir fertig. Und meine Nerven erstaunlicherweise nicht.

Dann legten wir das Buch als gelungenes Experiment, als Fingerübung und ersten Versuch an einem gemeinsamen Werk in die Schublade. Also, in die virtuelle, am Computer. Wir waren zufrieden.

Doch seit Kurzem klopft es in dieser virtuellen Schublade. Und wir haben das Gefühl, dass diese Geschichte genau jetzt hinaus will in die Welt. Weil sie eigentlich, trotz allem, eine positive Geschichte ist.

Kein Weltuntergangs-Roman. Eher ein Hoffnungs-Roman. Hoffen wir.

Puch, Februar 2020

WEITERE ROMANE VON MARION WIESLER

ORCAS-ISLAND TRILOGIE:
Was würdest du tun, wenn deine Hand sehen könnte?

Schläft ein Bild in allen Dingen
Masseur Mike entdeckt eines Tages, dass seine linke Hand bei jeder Berührung Erinnerungen des berührten Gegenstandes sieht. Er flieht nach Orcas Island, um dort Heilung zu finden, doch sein Leben wird nur noch verwirrender, als er auf eine Frau mit Geheimnissen trifft.
ISBN 9783749483440

Lass uns träumen fort und fort
Mike kehrt nach Orcas Island zurück. Inzwischen hat er seine Hand in den Griff bekommen – meint er. Seine Zukunft mit Mia scheint aber seinen Händen zu entgleiten.
ISBN 9783750462007

Und es klingt das Zauberwort
Band drei erscheint im Frühling 2021

KULM-TRILOGIE:
Ein Berg, zwei Jahrtausende, drei Romane

Culm 27 v. Chr. - Schicksalsjahr der Kelten
Das Dorf Ardudunum auf dem Gipfel des Kulm wird von
einem schlechten Omen bedroht. Ungewöhnliche Verbündete
und mächtige Gegner warten auf den Druidenschüler Gair im
Kampf um sein Leben, seine Liebe und die Zukunft.
ISBN 978-3739207841

Chulm Anno Domini 1349 – Das Jahr der Pest
Die Köchin Martha muss aus ihrer Burg am Fuße des
Berges vor der Pest fliehen. Als vom Schicksal Getriebene ist
sie auf der verzweifelten Suche nach einem neuen Platz fürs
Leben. Es verschlägt sie und ihre Gefährten auf den Gipfel des
Kulm, doch sind sie dort sicher?
ISBN 978-3741281471

Kulm 1918 – Ende und Anfang
Der Erste Weltkrieg neigt sich seinem Ende zu und hat auch
im abgelegenen Puch seine Spuren hinterlassen. Karoline,
Tochter eines reichen Geschäftsmanns aus Graz, kehrt an den
Ort ihrer Sommeraufenthalte zurück, um ihre alten Freunde
wiederzufinden. Wenn sie denn noch leben.
ISBN 978-3746079097

——————

**Der Bogen des Smertrios – Vom Kelten, der loszog, die
Sonne vom Himmel zu holen**
Der keltische Bogenbauer Smertrios muss einen Kultbogen
bauen, der seine Fähigkeiten weit übersteigt – oder sich den
Göttern opfern. Die Reise bringt ihn und seine Schwester
Sanna bis ins heutige Südfrankreich.
ISBN 978-3749410255

Gute Geschichten sind Küsse für die Seele!

Drum empfehlt weiter, was euch gefällt und gönnt auch euren Lieblingsautoren ein wenig Seelenküsse, indem ihr Rezensionen auf amazon, thalia.at oder sonstigen Plattformen schreibt oder sie in einem Email von eurer Freude an einer ihrer Geschichten hören lasst!

MARION WIESLER

Aufgewachsen in einer Filmproduktionsfirma in Wien hat die Welt der Kreativität und Phantasie mich immer schon umgeben. Als an meinem 13. Geburtstag ein schwerer Unfall mich zu wochenlangem Still-Liegen zwang, begann ich zu schreiben. Viele Geschichten landeten in der Schublade, bis ich 2015 beschloss, auch einmal etwas zu veröffentlichen.

Seitdem erzähle ich nicht nur als Erzählerin Mariou auf Veranstaltungen Geschichten und Märchen oder trete mit meiner Kollegin als Erzähl-Kabarett "Wieser&Wiesler" auf, sondern schreibe Roman nach Roman auf meinem zweihundert Jahre alten Bauernhof in der Steiermark. Hier lebe ich nach Reisen um die ganze Welt mit meinem Mann, drei großen Kindern und dem freundlichsten Hund der Welt.

www.marionwiesler.at

Ich freue mich, von euch zu hören!